칸초니에레

51~100

프란체스코 페트라르카 지음

김효신 옮김

칸초니에레 51~100

© 김효신, 2020

1판 1쇄 인쇄__2020년 06월 20일
1판 1쇄 발행__2020년 06월 30일

지은이__프란체스코 페트라르카
옮긴이__김효신
펴낸이__홍정표

펴낸곳__작가와비평
　　　　등록__제2018-000059호
　　　　이메일__edit@gcbook.co.kr

공급처__(주)글로벌콘텐츠출판그룹
　　　　주소__서울특별시 강동구 풍성로 87-6(성내동)
　　　　전화__02) 488-3280　팩스__02) 488-3281
　　　　홈페이지__http://www.gcbook.co.kr

값 12,800원
ISBN 979-11-5592-254-5 03880

작 가 와 비 평
시   선

칸초니에레
51~100

프란체스코 페트라르카 지음 / 김효신 옮김

작가와비평

책을 내면서

　『칸초니에레』의 51번째 소네트에서부터 100번째 소네트에 이르기까지 50편의 시작품들을 세상에 내놓게 되어 기쁩니다. 공동번역에 관한 생각도 많았던 지난날을 뒤로하고 이제는 고독하지만 혼자 묵묵히 번역하는 작업이 더 의미 있음을 알게 되었습니다. 『이탈리아 시선집』으로 인연을 맺어서 이번 페트라르카의 『칸초니에레』 50편의 시작품들을 출판할 수 있게 도와주신 작가와비평의 홍정표 대표님, 노경민 과장님 이하 여러분께 이 자리를 빌어서 진심으로 감사를 드립니다.

목차

책을 내면서 ___ 5

51. 소네트

멀리 있어도 눈부셔했던 그 빛이
내 눈에 조금 더 가까이 왔다면,
그녀가 어떻게 변했는지 테살리아[1]가 보았듯,
내 모든 육신도 변했으련만.

만일 내가 더 이상 그녀의 모습으로 변할 수
없다면 (내 그로 인해 자비를 얻지 못했으므로),
자르기에 힘든 돌조각처럼 되어
사려 깊은 모습으로 오늘 나는 남으련만,

오, 다이아몬드이거나, 두려우리만큼 아름답고 흰
오, 대리석이거나, 심지어는 어리석고 탐욕스러운
사람들이 찬양하는 오, 수정이거나.

---

1) 그리스 중북부에 있는 지방.

51.

Poco era ad appressarsi agli occhi miei
la luce che da lunge gli abbarbaglia,
che, come vide lei cangiar Tesaglia,
così cangiato ogni mia forma avrei.

Et s'io non posso trasformarmi in lei
più ch'i' mi sia (non ch'a mercé mi vaglia),
di qual petra più rigida s'intaglia
pensoso ne la vista oggi sarei,

o di diamante, o d'un bel marmo bianco
per la paura forse, o d'un diaspro
pregiato poi dal vulgo avaro et sciocco;

모로코[1]에 어깨의 그림자를 드리우는 사람[2]
나로 하여금 늙고 지친 그 사람을 부럽게 만드는,
고되고 육중한 멍에에서 나 이제 벗어나련만.

---

1) 아프리카 북서단에 있는 국가.
2) 세상을 떠받들고 지탱하고 있는 거인 아틀라스를 가리킴.

et sarei fuor del grave giogo et aspro

per cui i'ò invidia di quel vecchio stanco

che fa co le sue spalle ombra a Marrocco.

52. 마드리갈

디아나[1]는 그녀의 연인에게 더 이상 좋을 수 없었네,
우연히 차가운 물속에서 알몸으로
목욕하는 모습이 목격되었을 때보다,

불어오는 바람결에 아름다운 금발을 두른
우아한 베일이 물에 젖은,
알프스 산골의 양치기 소녀가 나를 기쁘게 했던 그것보다.

그 모습이 나로 하여금, 뜨거운 햇볕 아래서조차,
사랑의 냉담함에 온몸을 떨게 하였네.

---

1) 로마신화에 나오는 디아나(Diana) 여신. 디아나(이탈리아식), 다이애나(영어식)
   등의 표기가 있음. 그리고 그리스 신화의 아르테미스와 동일시됨. "빛나는 것"이라
   는 뜻의 이름.

52.

Non al suo amante più Diana piacque

quando per tal ventura tutta ignuda

la vide in mezzo de le gelide acque,

ch'a me la pastorella alpestra et cruda

posta a bagnar un leggiadretto velo

ch'a l'aura il vago et biondo capel chiuda;

tal che mi fece, or quand' egli arde 'l cielo,

tutto tremar d'un amoroso gielo.

53. 칸초네

고귀한 영혼이여, 그대[1] 저 세력가들을 지배하고
저들 안에 현명하고 깨어있으며 용기 있는 한 분으로
세상을 편력하며 살고 있다네.
그대가 저 영광스러운 지팡이[2]에 다다랐기에
그 지팡이로 로마와 그 헤매는 사람들을 인도하여,
로마를 그의 옛 여행[3]으로 다시 불러들이는구나,
그렇지만 나는 그대에게 말한다네, 다른 곳에서는
단 한 줄기의 덕목의 빛도 보지 못하였다고, 이미 상실되
어버린 덕이라고,
게다가 잘못한 것을 부끄럽게 여기는 이조차 찾을 수 없
다고.
이탈리아가 무엇을 기다리는지, 무엇을 열망하는지
나 알지 못하기에, 이탈리아가 자신의 불행을 느끼고 있
지 못한 듯하기에,

---

1) 콜라 디 리엔초(Cola di Rienzo: 1313~1354): 이탈리아의 중세 정치가, 민중
   지도자.
2) 원로원을 가리킴.
3) 옛날의 영광된 길.

53.

Spirto gentil che quelle membra reggi

dentro a le qua' peregrinando alberga

un signor valoroso accorto et saggio:

poi che se' giunto a l'onorata verga

colla qual Roma et suoi erranti correggi

et la richiami al suo antiquo viaggio,

io parlo a te però ch' altrove un raggio

non veggio di vertù, ch' al mondo è spenta,

né trovo chi di mal far si vergogni.

Che s'aspetti non so, né che s'agogni

Italia, che suoi guai non par che senta,

늙고 게으른 느림보이기에.

언제나 잠만 자려나, 누구도 그녀를 깨우려 하지 않으려나?

내가 손을 뻗어 그녀의 머리카락을 휘감을 수 있으면 좋으련만.

아무런 희망도 없네, 아무리 고함쳐 불러 봐도

그녀가 느릿한 잠에서 고개 들어 움직이리라곤,

저리도 무거운 짐 지고 억압받고 있기에.

그러나 이제 운명은 그대의 수중에 놓이고

우리 모두의 수장인 로마를

힘차게 흔들어 깨울 수 있다네.

이제 그대의 손을 단단하게 저 존경할만한

그녀의 흐트러진 머릿단 속에 넣고

진흙에서 그 게으른 자를 당겨 올려라.

그녀의 고통에 밤낮으로 흐느낀 나는

그대에게 모든 희망을 맡긴다네.

만일 아레스의 자손[1]들이

---

1) 그리스의 전쟁신 아레스의 자손들, 즉 로마인을 의미함. 아레스는 로마신화의 군신 마르스를 지칭함.

vecchia oziosa et lenta;

dormirà sempre et non fia chi la svegli?

Le man l'avess' io avolto entro' capegli.

Non spero che giamai dal pigro sonno

mova la testa per chiamar ch'uom faccia,

sì gravemente è oppressa et di tal soma;

ma non senza destino a le tue braccia

che scuoter forte et sollevar la ponno

è or commesso il nostro capo Roma.

Pon man in quella venerabil chioma

securamente, et ne le trecce sparte,

sì che la neghittosa esca del fango.

I' che dì et notte del suo strazio piango

di mia speranza ò in te la maggior parte:

ché se 'l popol di Marte

눈을 들어 그 옛날의 영예를 본다면
그러한 은총이 그대의 시대에도 오는 듯하기에.

세상 모든 사람이 여전히 두려워하고, 애지중지하며
더러 가슴 떨려 하는 고대 성벽[1]은
매번 그 시대로 되돌아갈 것을 숙고하게 하고,
위대한 명성이 아니고서는 존재하지도 않았을 영웅들을
품고 있는 묘석臺石을 돌아보게 하네,
우주가 사라지는 때까지,
그리고 폐허의 잔해는 그대로 인해 지난 역사의
허물들이 모두 치유되는 희망으로 남아있네.
오 위대한 스키피오,[2] 충직한 브루투스[3]여,
그대 새 소식을 접하게 된다면
얼마나 즐거울까, 거기[4] 그대 자리는 또 얼마나 제격인가!
파브리티우스[5]가 그 소식을 듣고

---

1) "영광의 상징인 로마의 성벽은 이미 훼손된 바 있고, 원주(圓柱)와 조상(彫像), 그리고 여타 보물 또한 무관심하고 탐욕스러운 민중에 의해 사라지고 말았다."
2) 그는 또한 라틴어로 쓴 페트라르카의 미완의 서사시 「Africa」의 중심인물이기도 함.
3) 그는 자신의 조국 로마를 사랑한 최초의 장군임.
4) 이는 하계(下界), 즉 이교도의 내세를 뜻함.
5) 청렴하기로 소문난 파브리티우스(Fabritius)는 로마의 이름으로 한때 에트루리아 인을 멸하기도 함.

18

devesse al proprio onore alzar mai gli occhi,
parmi pur ch' a' tuoi dì la grazia tocchi.

L'antiche mura ch'ancor teme et ama
et trema 'l mondo quando si rimembra
del tempo andato e 'n dietro si rivolve,
e i sassi dove fur chiuse le membra
di ta' che non saranno senza fama
se l'universo pria non si dissolve,
et tutto quel ch'una ruina involve,
per te spera saldar ogni suo vizio.
O grandi Scipioni, o fedel Bruto,
quanto v'aggrada s' egli è ancor venuto
romor là giù del ben locato offizio!
Come cre' che Fabrizio

얼마나 기뻐할지 생각해 보라!
이에 이르기를, 나의 조국 로마여, 다시금 찬양될지어다.

만일 하늘이 여기 이 지상에 있는 것들을 염려한다면,
그때 저 천상에 거주하는 모든 시민 영혼들은,
자신들의 주검은 이 지상에 버려졌지만,
그대가 시민의 오랜 원한을 없애주기 간절히 바란다네,
그것으로 백성들은 불안에 떨며
성소聖所로 가는 통로마저 봉쇄해 버렸다네,
한때는 기꺼이 모여들었던 곳이건만, 이 전쟁의 와중에는
도둑의 소굴로 바뀌어 버렸으니,
이제 그 문들이 신앙심 깊은 이들에게는 닫혀 버렸구나.
그 제단들 사이로 그리고 벌거벗은 성상聖像들 사이로
온갖 잔인한 행위가 일어나는구나.
얼마나 다양한 행위들이었던가!
주님께 감사드리기 위해 저 높은 곳에 매달아 둔
　종들을 울리지 않고는 절대로 공격하지 않음에도 불구
하고.

si faccia lieto udendo la novella!

et dice: Roma mia sarà ancor bella.

Et se cosa di qua nel ciel si cura,

l'anime che lassù son cittadine

et ànno i corpi abandonati in terra

del lungo odio civil ti pregan fine

per cui la gente ben non s'assecura,

onde 'l camin a' lor tetti si serra,

che fur già sì devoti, et ora in guerra

quasi spelunca di ladron son fatti,

tal ch'a' buon solamente uscio si chiude,

et tra gli altari et tra le statue ignude

ogni impresa crudel par che se tratti

(deh quanto diversi atti!),

né senza squille s'incomincia assalto

che per Dio ringraziar fur poste in alto.

울음 우는 여인들, 무장하지 않은 일군의

연약한 젊은이들, 그리고 자신들을 증오하며

너무나 오랜 세월을 살아온 쇠잔한 노인들,

흑색, 재색, 백색 수도복의 수도자들이

병약하고 고뇌에 찬 다른 수도회 무리와 더불어

절규한다네. 아아 우리의 주님, 도와주소서, 도와주소서.

그 당황해 마지않던 불쌍한 사람들이

그대에게 자신들의 숱한 세월의 굴곡1)을 보여주는데,

다른 이도 아닌, 한니발조차 측은하게 여기겠구나.

만약 오늘날 온통 화염에 휩싸여 있는, 하느님의 성전2)을

제대로 바라보고, 아주 작은 불꽃만이라도

끌 수 있다면, 저들3)의 의지를

잠재울 텐데, 그토록 불타오르는 듯한 의지일지라도,

그리하면 그대의 위업들은 하늘에서 찬양받을지어다.

---

1) 세월의 상처들.
2) 로마를 가리킴.
3) 반달족 도둑 떼들을 가리킴.

Le donne lagrimose, e 'l vulgo inerme
de la tenera etate, e i vecchi stanchi
ch' anno sé in odio et la soverchia vita,
ei neri fraticelli, e i bigi, e i bianchi,
coll'altre schiere travagliate e 'nferme,
gridan: O signor nostro, aita, aita.
et la povera gente sbigottita
ti scopre le sue piaghe a mille a mille,
ch'Anibale, non ch' altri, farian pio.
Et se ben guardi a la magion di Dio
ch' arde oggi tutta, assai poche faville
spegnendo fien tranquille
le voglie che si mostran sì 'nfiammate,
onde fien l'opre tue nel ciel laudate.

곰들, 늑대들, 사자들, 독수리들, 그리고 뱀들은[1]

어느 거대한 대리석 기둥에

종종 성가신 존재가 되고, 스스로 해를 입히기도 한다네.

그들로 인해 그 귀부인[2]이 눈물을 흘리는 것은

그 귀부인에게서 꽃을 피울 줄

모르는, 사악한 초목들을 뿌리 뽑으라 그대[3]를 불렀기에.

이미 천 번째 해보다 세월이 훨씬 지난 터라

그녀가 있었던 곳에서 높이 자리 잡았던

그 우아한 영혼들이 그 귀부인에게서 떠나갔다네.

아 괴롭도다, 새로운 사람들이 정도를 넘어 거드름을 피우고,

위대한 그 어머니에게조차 불손하기 짝이 없구나!

그대 남편이여, 그대 아버지여.

그대의 온갖 구조의 손길이 기다려지는구나,

왜냐하면 큰 아버지[4]는 다른 일을 생각하고 있으니.

---

1) 추기경 콜론나 옹호파에 적대적인 오르시니 가문과 로마의 가문들.
2) 로마.
3) 로마의 콜론나 가문을 지칭.
4) 아비뇽에 머물던 교황.

Orsi, lupi, leoni, aquile, et serpi

ad una gran marmorea colonna

fanno noia sovente e a sé danno;

di costor piange quella gentil donna

che t'à chiamato a ciò che di lei sterpi

le male piante che fiorir non sanno.

Passato è già più che 'l millesimo anno

che 'n lei mancar quell'anime leggiadre

che locata l'avean là dov'ell'era.

Ahi nova gente oltra misura altera,

irreverente a tanta et a tal madre!

Tu marito, tu padre:

ogni soccorso di tua man s'attende,

che 'l maggior padre ad altr'opera intende.

매몰찬 운명의 여신이 숭고한 과업에

맞서지 않은 일이 드문 까닭은,

용기 있는 행동에 그 귀부인이 동의하지 않은 탓이라네.

이제 그대가 오는 길을 밝히며,

귀부인은 나로 하여금 자신의 모든 과오를 용서하게 하네,

왜냐하면 그녀 자신의 본래 모습과 다르기 때문이라고.

세상이 기억하는 한,

유한한 인간에게 도무지 열리지 않던

그 길이, 이제 그대를 영원한 명성으로 이끌고 있네,

만일 내 생각이 틀리지 않다면 그대는,

가장 고상한 군주제[1]를 다시 일으킬 수 있을 것이네.

듣고 있노라면 이 얼마나 영광스러운 일인가.

조국 로마가 젊고 힘이 넘쳐흐를 때는 물론,

쇠잔하였을 때 또한 멸망에서 구했다는 그 말을.

---

1) 로마 초기 왕정 시대를 벗어나 이른바 5현제(賢帝) — 네르바, 트라야누스, 하드리
아누스, 안토니누스 피우스, 마르쿠스 아우렐리우스 — 로 대표되는 로마의 평화
시기, 원수정(元首政) 또는 공화정 시대를 말함. 이 무렵 로마는 정치적으로 가장
강력하고 안정된 시기에 접어들었음.

Rade volte adiven ch'a l'alte imprese

fortuna ingiuriosa non contrasti,

ch'a gli animosi fatti mal s'accorda.

Ora sgombrando 'l passo onde tu intrasti

famisi perdonar molt' altre offese,

ch' al men qui da se stessa si discorda;

pero che quanto 'l mondo si ricorda

ad uom mortal non fu aperta la via

per farsi, come a te, di fama eterno,

che puoi drizzar, s'i' non falso discerno,

in stato la più nobil monarchia.

Quanta gloria ti fia

dir: Gli altri l'aitar giovene et forte,

questi in vecchiezza la scampò da morte.

타르페이아 언덕 위에라는 내 시에서, 당신은 알게 되리,

어느 기사에게 모든 이탈리아인이 경의를 표한다는 사
실을

그 기사는 진정 자신보다 다른 사람들을 더 생각한다는
것을.

그를 만나면 전하시오. 그대를 가까이서 한 번도 본 적이
없고,

오직 명성만을 듣고 흠모하는 자가,

말하는 바 로마가 시시각각

그대에게 온통 젖은 고통스러운 눈으로 빌고 있음을,

로마의 일곱 언덕 모두에게 자비를 베풀어 달라고.

Sopra 'l monte Tarpeio, canzon, vedrai

un cavalier ch' Italia tutta onora,

pensoso più d'altrui che di se stesso.

Digli: Un che non ti vide ancor da presso,

se non come per fama uom s'innamora,

dice che Roma ogniora

con gli occhi di dolor bagnati et molli

ti chier mercé da tutti sette i colli.

54. 마드리갈

순례 중인 한 여인[1] **사랑**의 표정을 띤 얼굴로,
헛된 내 마음 흔들어 놓았으니,
이 말고 내 명예에 어떤 것도 가치 없어 보이는구나.

그리고 그녀는 푸른 풀밭을 가면서,
멀리서 들려오는 큰 소리 듣는구나.
아아, 얼마나 많은 걸음걸음을 숲속[2]에서 잃어버렸던가!

멋진 너도밤나무[3] 그늘 아래 내가 사로잡혀
온통 상념에 잠겨버렸고, 또 주변을 둘러보며
내 여행이 얼마나 위험했는지 그제야 깨달았네.
거의 한낮[4]이 되어서야 가던 길로 되돌아왔다네.

---

1) 라우라를 가리킴.
2) 숲은 곧 내면의 숲으로 도덕적 혼란을 의미.
3) 너도밤나무가 상징하는 기억의 문학.
4) 인생의 중반기를 의미.

54.

Perch'al viso d'Amor portava insegna,
mosse una pellegrina il mio cor vano,
ch' ogni altra mi parea d'onor men degna;

et lei seguendo su per l'erbe verdi,
udi' dir alta voce di lontano:
Ahi quanti passi per la selva perdi!

Allor mi strinsi a l'ombra d'un bel faggio
tutto pensoso, e rimirando intorno
vidi assai periglioso il mio viaggio;
et tornai in dietro quasi a mezzo 'l giorno.

55. 발라드

냉혹한 세월과 시든 노쇠함으로
꺼졌다고 여겼던 그 불꽃1)이
내 영혼의 격정과 고통을 다시 타오르게 하네.

이제 보건대, 불꽃이 모두 꺼져버리지 않고,
다만 희미한 불씨만 남았는데,
두 번째 실수로 더 나빠지지 않을까 두렵네.
내가 흘렸던 수천 번의 눈물로
불꽃과 부싯깃을 모두 품은 마음에서
내가 느낀 고통은 떨어져 없어지고,
불꽃은 전과 달리 더 격렬히 타오르는 듯하네.

---

1) 라우라에 대한 사랑.

55.

Quel foco ch'i' pensai che fosse spento
dal freddo tempo et da l'età men fresca
fiamma et martir ne l'anima rinfresca.

Non fur mai tutte spente, a quel ch'i' veggio,
ma ricoperte alquanto le faville,
et temo no 'l secondo error sia peggio.
Per lagrime ch'i' spargo a mille a mille
conven che 'l duol per gli occhi si distille
dal cor, ch'à seco le faville et l'esca,
non pur qual fu, ma pare a me che cresca.

어떤 불꽃이 여전히 타올라 내 슬픈 눈으로
쏟아내는 눈물의 홍수로도 꺼지지 않는가?
사랑이여, 내 비록 늦었다고 느낄지라도,
양극단1)에서 나를 몸부림치게 하네,
이제 서로 다른 모습의 올가미를 쳐놓고
마음의 자유를 가장 누리고 싶어 할 때,
그녀의 아름다운 용모는 더욱 나를 사로잡는구나.

---

1) 불과 얼음, 욕망과 후회, 순수와 경험의 양극단을 의미함.

Qual foco non avrian già spento et morto

l'onde che gli occhi tristi versan sempre?

Amor, avegna mi sia tardi accorto,

vol che tra duo contrari mi distempre,

et tende lacci in sì diverse tempre

che quand' ò più speranza che 'l cor n'esca,

allor più nel bel viso mi rinvesca.

56. 소네트

마음을 갉아먹은 욕망에 눈먼
시간을 헤아리며 내 진실을 말한다면,
말하고 있는 지금에도 나와 내 양심에
다짐했던 그 시간은 마냥 달아나 버리네.

어떤 어둠이기에 그토록 잔인하게 씨앗을 해하며,
탐스런 과일도 맺지 못하게 하는가?
어떤 야수이기에 양¥의 울타리 안에 포효하고 있는가?
어떤 장벽이기에 파종과 추수를 가로막고 있는가?

아아, 나는 알지 못하네. 하지만 내 익히 알고 있는 것은
그 **사랑**1)에 내 인생을 비탄에 잠기게 할 정도로,
나를 기쁨에 넘치는 희망으로 이끌었음을.

---

1) 이는 '라우라'를 의미함.

56.

Se col cieco desir che 'l cor distrugge
contando l'ore no m'inganno io stesso,
ora mentre ch'io parlo il tempo fugge
ch'a me fu insieme et a mercé promesso.

Qual ombra è sì crudel che 'l seme adugge
ch'al disiato frutto era sì presso?
et dentro dal mio ovil qual fera rugge?
tra la spiga et la man qual muro è messo?

Lasso, nol so, ma sì conosco io bene
che per far più dogliosa la mia vita
Amor m'addusse in sì gioiosa spene;

언제가 읽었던 구절句節 다시금 생각나네,

마침내 심판의 날이 오기 전

인간은 그 누구도 스스로 축복받았다고 여길 수 없음[1]을.

---

1) 오비디우스에 의하면, "사람은 생의 마지막을 기다려야 하며, 그리고 어떤 사람도 죽음 이전에는 결코 행복할 수 없다"라고 말하고 있다.

Et or di quel ch'i'ò letto mi sovene,

che 'nanzi al dì de l'ultima partita

uom beato chiamar non si convene.

57. 소네트

행운은 천천히 그리고 느지막이 와서는
호랑이보다 더 날쌔게 떠나가 버리네.
욕망은 차고 넘치며, 희망은 불확실한데,
기다림과 용서는 내게 고통일 뿐.

아아, 눈은 따스하게 검게 내리고,
바다의 파도는 자며, 물고기는 산으로 오르겠지,
태양은 티그리스강과 유프라테스강이, 하나의 발원지인
그곳 너머 동쪽으로 지겠지,

내가 잠시 잠깐의 평화나 휴식을 찾기도 전에,
나에게 부정한 음모를 꾸몄던
사랑이나 나의 **여인**이 다른 길을 찾기도 전에.

내 달콤한 맛을 본 다음은 너무나 쓰므로,
자조하며 이내 그 단맛은 사라져 버리네.
그들의 우아한 모습에서 내가 얻을 것이라고는 아무것도
없었지.

57.

Mie venture al venir son tarde et pigre,
la speme incerta, e 'l desir monta et cresce,
onde e 'l lassare et l'aspettar m'incresce;
et poi al partir son più levi che tigre.

Lasso, le nevi fien tepide et nigre,
e 'l mar senz'onda, et per l'alpe ogni pesce,
et corcherassi il sol là oltre, ond' esce
d'un medesimo fonte Eufrate e Tigre,

prima ch'i' trovi in ciò pace né triegua
o Amore o Madonna altr'uso impari,
che m'anno congiurato a torto incontra;

Et s'i' ò alcun dolce, è dopo tanti amari
che per disdegno il gusto si dilegua.
Altro mai di lor grazie non m'incontra.

58. 소네트[1]

눈물로 튼 그대 볼을

이 위[2]에 쉬게 하오, 친애하는 벗이여,

이제는 스스로 더 아껴야 하나니

추종자들을 질리게 하는 그 잔인한 이[3]와 함께 하려면.

다른 것[4]으로는 왼편으로 가는 길을 막게나

잔인한 이의 전달자들이 드나드는 그 길을,

팔월에도 일월에도 그렇듯,

머나먼 길에 주어진 시간은 그저 짧을 뿐.[5]

세 번째로 약초 음료[6]를 드시게나

심장을 아리게 하는 온갖 생각을 씻어내려면,

첫 모금은 쓰더라도 마지막은 달콤하리다.

---

1) 사랑으로 상심하고 있는 친구 아가피토 콜론나(Agapito Colonna)에게 세 가지
   작은 선물과 함께 보낸 소네트.
2) 첫 번째 선물로 베개.
3) 사랑을 의미.
4) 두 번째 선물인 책, 왼편에 있는 심장으로 가는 길을 막으라며 보냄.
5) "예술은 길고 인생은 짧다(Ars longa, vita brevis)"를 연상시킴.
6) 천상의 음료를 가리킴.

58.

La guancia che fu già piangendo stanca
riposate su l'un, Signor mio caro,
et siate ormai di voi stesso più avaro
a quel crudel che' suoi seguaci imbianca;

Coll'altro richiudete da man manca
la strada a'messi suoi ch'indi passaro,
mostrandovi un d'agosto et di gennaro,
perch' a la lunga via tempo ne manca;

Et col terzo bevete un suco d'erba
che purghe ogni pensier che 'l cor afflige,
dolce a la fine et nel principio acerba.

부디 나[1]를 기쁜 기억이 자리 잡은 곳에 두게나,

스틱스강의 뱃사공[2]을 두려워하지 않을 그곳에,

행여 내 청이 주제넘지 않는다면.

---

1) 이 소네트를 의미함.
2) 저승에서 죽은 이의 영혼을 실어 나르는 카론을 칭함.

Me riponete ove 'l piacer si serba,

tal ch'i' non tema del nocchier di Stige,

se la preghiera mia non è superba.

59. 발라드

예전에 나를 사랑으로 처음 이끌었던 것이 비록
다른 잘못[1]으로 내게서 없어져 버렸건만,
내 한결같은 욕망은 아직 고갈되지 않았다네.

황금빛 머릿단 사이로 숨겨놓은 올가미에
나를 옥죄어 놓았구나, **사랑**이여,
그 아름다운 눈에서 나온 차가운
얼음 조각이 섬광처럼,
이 내 폐부를 훑고 지나갔고,
바로 그 기억이 여전히 내 영혼에서
다른 모든 욕망[2]을 앗아간다네.

---

1) 라우라의 매정함.
2) 라우라에 대한 욕망.

59.

Perché quel che mi trasse ad amar prima
altrui colpa mi toglia,
del mio fermo voler già non mi svoglia.

Tra le chiome de l'or nascose il laccio
al qual mi strinse Amore,
et da' begli occhi mosse il freddo ghiaccio
che mi passò nel core
con la vertù d'un subito splendore,
che d'ogni altra sua voglia
sol rimembrando ancor l'anima spoglia.

이윽고 저 아름다운 금발 머리조차

아 슬프게도, 바라볼 수 없게 되었구나,

진솔하고 사랑스러운 눈빛

도망치듯 달아나니 내 슬픔 그지없구나,

왜 명예가 값진 죽음에 따라온다고 하는지

진정 죽음으로도 고통으로도

그 **사랑**의 매듭에서 풀려나기를 바라지 않는다네.

Tolta m'è poi di que' biondi capelli,

lasso, la dolce vista,

e 'l volger de' duo lumi onesti et belli

col suo fuggir m'atrista,

ma perché ben morendo onor s'acquista,

per morte né per doglia

non vo' che da tal nodo Amor mi scioglia.

60. 소네트

내 오랜 세월 열렬히 사랑했던 기품 있는 나무[1]는
나를 가벼이 하지 않는 아름다운 가지를 품은 채
나의 모든 보잘것없는 재능을 그 그늘 아래 꽃피우게
했고,
온갖 역경에서도 자라나게 했다네.

내 어떤 기만도 없음을 확신하기에,
달콤한 나무가 비통한 모습으로 변했을 때,[2]
한쪽으로 쏠리기만 하는 온갖 상념은
슬픈 상실만을 이야기하네.

내 젊은 날의 시詩가 사람들에게 다른 희망을 주었다 해도
사랑하는 여인으로 인해 그 희망을 상실한다 해도
사랑으로 한숨짓는 이들이 무슨 말을 하리오?

---

1) 월계수, 젊고 이상적인 사랑을 의미.
2) 라우라가 갑자기 냉정하게 시인(페트라르카)에게 경멸을 보냈을 때.

60.

L'arbor gentil che forte amai molt'anni,

mentre i bei rami non m'ebber a sdegno

fiorir faceva il mio debile ingegno

a la sua ombra et crescer negli affanni.

Poi che, securo me di tali inganni,

fece di dolce sé spietato legno,

i' rivolsi i pensier tutti ad un segno,

che parlan sempre de'lor tristi danni.

Che porà dir chi per amor sospira,

s'altra speranza le mie rime nove

gli avesser data et per costei la perde?

어떤 시인도 희망을 얻은 적 없네, 제우스조차도
호의를 베풀지 않고, 태양이 희망의 푸른
잎을 죄다 말려 비리도록 분노를 쏟아내게 한다네.

Né poeta ne colga mai, né Giove

la privilegi, et al sol venga in ira,

tal che si secchi ogni sua foglia verde.

61. 소네트

축복 있으리니, 그날과 그달, 그 해,

그리고 그 계절과 그때, 그 시각과 그 순간,

그 은총의 마을, 그리고 나를 사로잡은

아름다운 그녀의 두 눈에 넋을 **빼앗긴** 바로 그곳.[1]

축복 있으리니, **사랑**[2]에 갇혀 있음을 스스로 알아차렸을 때

느꼈던 그 처음의 달콤한 고뇌,

그동안 나를 향해 쏜 활과 무수한 화살들,

내 심장 밑바닥에까지 이르렀던 상처.

축복 있으리니, 내 사랑 그녀의 이름을 부르며

산산이 흩어진 소리,[3] 소리

모든 한숨과 눈물, 그리고 욕망

---

1) 라우라를 처음 본 아비뇽 소재 쌩 클레르 성당을 말함.

2) 라우라.

3) 시(시어나 시구)를 낭송하는 목소리를 말함.

61.

Benedetto sia 'l giorno e 'l mese et l'anno
e la stagione e 'l tempo et l'ora e 'l punto
e 'l bel paese e 'l loco ov'io fui giunto
da' duo begli occhi che legato m'anno;

et benedetto il primo dolce affanno
ch'i' ebbi ad esser con Amor congiunto,
et l'arco e le saette ond' i' fui punto,
et le piaghe che 'nfin al cor mi vanno.

Benedette le voci tante ch'io
chiamando il nome de mia donna è sparte,
ei sospiri et le lagrime e 'l desio;

축복 있으리니 그녀를 노래한 탓으로

내가 명성을 얻은 모든 종이,[1] 어느 누구와도 나누지 않은,

오로지 그녀 향한, 나의 상념들.

---

1) 사랑을 노래한 시구들.

et benedette sian tutte le carte

ov'io fama l'acquisto, e 'l pensier mio,

ch'è sol di lei sì ch' altra non v'à parte.

62. 소네트

하늘에 계신 아버지, 제 가슴에 불타는 격렬한 욕망으로,
제가 잃어버린 그 낮과
헛된 망상으로 지샌 밤들 이후,
저의 불경스러운 언행을 자애롭게 굽어보시면서,

이제 저를 당신의 빛 안에서
다른 삶과 더 아름다운 일로 돌아가도록 허락해 주소서,
그러면 놓은 덫도 소용없이,
아무리 완강해도 적敵은 무력해지리다.

이제 돌아보니, 나의 주여, 10년 하고도 또 한 해를
거부할 수 없었던 잔인한 멍에에
짓눌려 가혹한 삶을 살았나이다.

하잘것없는 저의 고통을 불쌍히 여기소서,
방황하는 제 생각을 더 좋은 곳으로 인도하소서,
당신께서 십자가에 못 박힘을 저들이 오늘 기억하게 하
소서.

62.

Padre del Ciel, dopo i perduti giorni,
dopo le notti vaneggiando spese
con quel fero desio ch'al cor s'accese,
mirando gli atti per mio mal sì adorni,

piacciati omai col tuo lume ch' io torni
ad altra vita et a più belle imprese,
sì ch'avendo le reti indarno tese
il mio duro avversario se ne scorni.

Or volge, Signor mio, l'undecimo anno
ch'i' fui sommesso al dispietato giogo
che sopra i più soggetti è più feroce.

Miserere del mio non degno affanno,
reduci i pensier vaghi a miglior luogo,
rammenta lor come oggi fusti in croce.

63. 발라드

누가 보아도 죽음을 떠올리는
나의 낯선 얼굴빛에 눈 돌리면,
연민에 그대 사로잡히고, 그리하여, 상냥스레
내게 인사를 건네니, 내 심장이 살아났다네.

아직 내 안에 들어앉은 실낱같은 생명은,
분명 그대 아름다운 눈의 선물,
부드럽고 천사 같은 그대 목소리의 선물이었네.
내가 누구인지 빚진 게 무언지 나는 안다네,
회초리로 게으른 짐승을 채찍질하듯,
그대가 내 안의 무거운 영혼을 일깨웠기에.
여인이여, 내 마음을 여는 두 개의 열쇠1)를
그대 손에 쥐었으니, 그것으로 나는 기꺼이,
어떤 바람이든 배를 띄울 차비를 한다네,
그대의 모든 것이 나에겐 달콤한 영광이기에.

---

1) 그녀만이 시인으로 하여금 고통과 기쁨, 천당과 지옥을 경험할 수 있게 함을 의미
함.

63.

Volgendo gli occhi al mio novo colore,

che fa di morte rimembrar la gente,

pietà vi mosse; onde benignamente

salutando teneste in vita il core.

La fraile vita ch' ancor meco alberga

fu de'begli occhi vostri aperto dono

et de la voce angelica soave;

da lor conosco l'esser ov'io sono,

che, come suol pigro animal per verga,

così destaro in me l'anima grave.

Del mio cor, Donna, l'una et l'altra chiave

avete in mano, et di ciò son contento,

presto di navigare a ciascun vento,

ch'ogni cosa da voi m'è dolce onore.

64. 소네트

만약 그대가 언짢은 마음을 드러내느라,
눈을 아래로 깔거나, 짐짓 의연하거나,
다른 누군가[1]보다 빨리 달아나려 하며,
솔직하고 의미 깊은 내 기도에 미간을 찌푸리면서,

첫 월계수에 **사랑**이 많은 가지들을 접목해 놓은,
내 마음에서, 온갖 핑계를 둘러대며,
달아나려 한다면, 나는 기꺼이 말하리라 이것이
아마도 그대가 경멸하는 참 이유일지 모른다고.

고상한 식물은 불모의 땅에
왠지 어울리지 않는 듯하여, 오히려 당연하게
기꺼운 마음으로 떠나가는 것이리라.

---

1) 시인 자신을 암시.

64.

Se voi poteste per turbati segni,
per chinar gli occhi o per piegar la testa,
o per esser più d'altra al fuggir presta,
torcendo 'l viso a' preghi onesti et degni,

uscir giamai, o ver per altri ingegni,
del petto ove dal primo lauro innesta
Amor più rami, i' direi ben che questa
fosse giusta cagione a' vostri sdegni;

ché gentil pianta in arido terreno
par che si disconvenga, et però lieta
naturalmente quindi si diparte.

그러나 이윽고 운명조차 그대가 다른 곳에
있지 못하게 하니, 적어도
증오스러운 곳에 있다고만 생각하지 말기를.

Ma poi vostro destino a voi pur vieta

l'essere altrove, provedete almeno

di non star sempre in odiosa parte.

65. 소네트

아아, 처음에 미처 준비하지 못했던
그날, **사랑**은 나에게 다가와 상처를 남기고,
시나브로 내 삶의 지배자가 되어
생의 정상에 군림하네.

조바심 내는 마음으로 인해
내 굳은 마음속에서 무기력해지리라고 생각지 않았지만,
강인함이나 가치에 대한 즐거움은 퇴색되고 마네.
세속적 사랑을 초월했다고 여겼을 때는.

이제부터 어떠한 방어도 너무 늦으리라,
사랑이 유한한 인간의 기도를
얼마나 중히 여기는지를 시험하지 않고는.

나는 기도하지 않네, 기도조차 할 수 없네,
내 마음 절제되어 타오르고 있지만,
그래도 이 불꽃의 한 부분이 그녀였다면 좋을 텐데.

65.

Lasso, che mal accorto fui da prima,
nel giorno ch'a ferir mi venne Amore!
ch' a passo a passo è poi fatto signore
de la mia vita et posto in su la cima.

Io non credea per forza di sua lima
che punto di fermezza o di valore
mancasse mai ne l'indurato core:
ma così va chi sopra 'l ver s'estima.

Da ora inanzi ogni difesa è tarda,
altra che di provar s'assai o poco
questi preghi mortali Amore sguarda.

Non prego già, né puote aver più loco,
che mesuratamente il mio cor arda,
ma che sua parte abbi costei del foco.

66. 세스티나[1]

무거운 공기와 성가신 안개는
성난 바람에 둘러싸여 요지부동하고
여차하면 비라도 퍼부을 듯하구나.
강들은 얼핏 수정 같은 모습인데,
반면 계곡에 깔려 있는 풀은
서리와 얼음으로밖에 보이질 않는구나.

나의 마음속은 얼음보다도 더 추워서
내 생각은 무겁고, 계곡에서
올라오는 안개 속에 싸여있다네,
사랑스러운 바람을 맞으러 빗장을 걸어둔 채
정체된 강들에 둘러싸였구나,
하늘에서 가장 느린 비가 내리고 있네.

---

1) Sestina 6행시.

68

66.

L'aere gravato et l'importuna nebbia
compressa intorno da rabbiosi venti
tosto conven che si converta in pioggia;
et già son quasi di cristallo i fiumi,
e'n vece de l'erbetta per le valli
non se ved' altro che pruine et ghiaccio.

Et io nel cor via più freddo che ghiaccio
ò di gravi pensier tal una nebbia
qual si leva talor di queste valli,
serrate incontra a gli amorosi venti
et circundate di stagnanti fiumi,
quando cade dal ciel più lenta pioggia.

순식간에 온갖 굵은 비가 지나가고,
따뜻함은 눈과 얼음을 사라지게 하여
강들은 도도하게 제 모습을 뽐낸다네.
하늘은 결코 짙은 안개를 품지 못하였네
성난 바람에 돌발적으로 생겨난 안개는
언덕에서도 계곡에서도 도망가지 못하게 하였네.

하지만, 아아, 꽃이 만발한 계곡이라도 나는 어쩔 수 없네,
맑거나 비 올 때 오히려 울고 있는 나
차갑거나 따스한 바람이 불 때도 눈물 흘린다오.
내 연인이 얼음 같지 않을 그날,
늘 있던 안개는 어디에도 없어지고,
바싹 마른 바다와 호수 그리고 강을 보게 되리라.

In picciol tempo passa ogni gran pioggia,

e 'l caldo fa sparir le nevi e 'l ghiaccio

di che vanno superbi in vista i fiumi;

né mai nascose il ciel sì folta nebbia

che sopragiunta dal furor di venti

non fuggisse dai poggi et da le valli.

Ma, lasso, a me non val fiorir di valli,

anzi piango al sereno et a la pioggia

et a' gelati et a' soavi venti:

ch'allor fia un dì Madonna senza 'l ghiaccio

dentro, et di for senza l'usata nebbia,

ch'io vedrò secco il mare e' laghi e i fiumi.

바닷물이 강에서 내려오는 한

짐승들이 여전히 어두운 계곡을 사랑하는 한,

그대의 사랑스런 눈앞에는 저 안개가 있고

내 마음속에 끊임없이 비를 뿌리는,

그대의 사랑스런 가슴에는 나의

고통으로 가득 찬 바람에서 나오는 단단해진 얼음이 있

으리라.

분명 나는 온갖 바람들을 참아내야만 한다네,

두 강1) 한가운데, 아름다운 초원과 달콤한 얼음에,

나를 가둔 연인의 사랑을 위해,

수많은 계곡을 샅샅이 뒤져

그녀의 자취를 쫓아갈밖에,

내가 염려하는 것은 더위나 비도 아니고 산산이 흩어진

안개 소리도 아니라네.

---

1) 그 두 강의 이름은 소르그(Sorgue)강과 뒤랑스(Durance)강.

Mentre ch'al mar descenderanno i fiumi
et le fiere ameranno ombrose valli,
fia dinanzi a' begli occhi quella nebbia
che fa nascer d'i miei continua pioggia,
et nel bel petto l'indurato ghiaccio
che tra' del mio sì dolorosi venti.

Ben debbo io perdonare a tutt'i venti,
per amor d'un che 'n mezzo di duo fiumi
mi chiuse tra 'l bel verde e 'l dolce ghiaccio,
tal ch'i' depinsi poi per mille valli
l'ombra ov'io fui, che né calor né pioggia
né suon curava di spezzata nebbia.

하지만 햇살이 계곡마다 환희 비추던 그날처럼,
강물이 그러하듯 얼음 또한 비로부터 자유롭지 못하고,
안개도 바람으로부터 자유롭지 못하다네.

Ma non fuggio giamai nebbia per venti,

come quel dì, né mai fiumi per pioggia,

né ghiaccio quando 'l sole apre le valli.

67.1) 소네트

티레니아2) 해의 좌측 해변에서,
바람에 부서진 파도가 울부짖는 곳,
순간 그 당당한 가지3)가 눈에 들어오고,
내 그토록 숱한 시구로 메워야만 했었다네.

사랑은, 내 영혼 속에서 용솟음쳐 올라,
그녀의 황금빛 머릿단의 기억과 함께
나를 밀었고, 풀숲에 가려진 개천으로
나동그라졌네, 마치 산송장처럼.

깊은 숲속에 덩그맣니 혼자였지만
부끄럽기만 했네, 고귀한 마음에 다가가기 위해
이것으로 충분하리라, 다른 자극은 필요치 않았네.

---

1) 67~69 소네트는 1336년에 67년에 걸친 로마 여행 중에 쓴 작품으로 각기 다른 두 형태의 사랑 사이의 갈등을 유쾌하게 노래한다.
2) 이탈리아반도의 서쪽 바다.
3) 월계수, 라우라를 상징.

67.

Del mar tirreno a la sinistra riva,
dove rotte dal vento piangon l'onde,
subito vidi quella altera fronde
di cui conven che 'n tante carte scriva.

Amor che dentro a l'anima bolliva,
per rimembranza de le treccie bionde
mi spinse, onde in un rio che l'erba asconde
caddi, non già come persona viva.

Solo ov' io era tra' boschetti e' colli,
vergogna ebbi di me, ch'al cor gentile
basta ben tanto et altro spron non volli.

그래도 나는 행복하다네 머리부터 발끝까지

모습이 바뀌었지만, 비록 늘 젖어 있던 눈들을

더 자비로운 사월1)이 말려만 준다면.

---

1) 반어적 의미. 라우라와 만난 4월.

Piacemi almen d'aver cangiato stile

da gli occhi a' pie', se del lor esser molli

gli altri asciugasse un più cortese aprile.

68. 소네트

그대들의 땅1)의 성스러운 모습은
불행한 내 과거를 한탄하게 하고,
절규하게 한다네. 어서 일어나, 딱한 사람아, 무엇을 하
는가?
그리고 하늘로 오르는 길을 내게 보여준다네.

하지만 이런 생각에 다른 생각은 당당한 모습으로,
내게 말하네. 왜 도망가고 있는가?
그대 기억한다면, 세월은 이제 지날 만큼 지나서
우리의 여인을 보러 돌아가야 하거늘.

그 의미를 알고 있는 나로서는, 도리 없이
안으로 얼어붙을 수밖에, 불현듯 가슴 아린
소식을 듣게 된 것처럼.

---

1) 로마시를 가리킴.

68.

L'aspetto sacro de la terra vostra
mi fa del mal passato tragger guai
gridando: Sta' su, misero, che fai?;
et la via de salir al ciel mi mostra.

Ma con questo pensier un altro giostra
et dice a me: Perché fuggendo vai?
se ti rimembra, il tempo passa omai
di tornar a veder la donna nostra.

I' che 'l suo ragionar intendo, allora
m'agghiaccio dentro in guisa d'uom ch'ascolta
novelle che di subito l'accora;

이윽고 처음의 생각이 돌아오자, 나중의 생각은 어깨를 돌리고 만다네.

무엇이 승리할지, 모르지만, 이제껏

투쟁의 세월만 계속되고, 단 한 번의 기회조차 없다네.

Poi torna il primo et questo dà la volta:

qual vincerà non so, ma 'nfino ad ora

combattuto ànno et non pur una volta.

69. 소네트

잘 알고 있다네, 그대 **사랑**에 대한
어떠한 인간적 충고도 아무런 효과가 없었음을,
수많은 덫과 그릇된 약속들로 인해
그대 손끝의 매서움만 느낀다네.

그러나 나는 요즘, 놀람에 젖어 있다네
(엘바Elba섬과 질리오Giglio섬, 토스카나 해변
그 사이를 항해하면서
근심스레 온몸으로 느꼈던 것을 말하리라),

나는 그대의 수중에서 벗어나,
바람과 파도와 하늘의 인도를 받으며,
미지의 낯선 여행길에 오르네.

그때 어디선가, 그대의 사람들이 나와,
운명으로부터 사람은 숨을 수도 없고
운명과 싸울 수도 없음을 나에게 보여준다네.

69.

Ben sapeva io che natural consiglio,
Amor, contra di te giamai non valse,
tanti lacciuol, tante impromesse false,
tanto provato avea 'l tuo fiero artiglio.

Ma novamente, ond' io mi meraviglio
(dirol come persona a cui ne calse,
et che 'l notai là sopra a l'acque salse,
tra la riva toscana et l'Elba et Giglio),

i' fuggia le tue mani et per camino,
agitandom' i venti e 'l ciel et l'onde,
m'andava sconosciuto et pellegrino:

quando ecco i tuoi ministri, i' non so donde,
per darmi a diveder ch' al suo destino
mal chi contrasta et mal chi si nasconde.

70. 칸초네

아아, 지금까지 걸어 온 나의 모든
희망이, 그렇게도 여러 번 무너졌구나.
어느 누구도 내게 연민으로 귀 기울이지 않았기에,
왜 하고많은 나의 소원이 허공 중에 흩어져야 하는지?
하지만 내 생에 종말이 오기 전
보잘것없는 나의 말을
끝까지 부인하지 않았어야 했는데,
어느 날 풀과 물속에 둘러싸여 자유롭게
내 주님께 간구하는 바는 당신을 기쁘게 함인 것을.
노래 부르고 즐거워하는 일은 참되고 또 좋은 일인 것을.[1]

---

1) 이는 12세기 프랑스의 시인 아르노 다니엘(Arnaut Daniel)의 칸초네에 나오는
   첫 구절임.

70.

Lasso me, ch'i' non so in qual parte pieghi

la speme ch'è tradita omai più volte:

Che se non è chi con pietà m'ascolte,

perché sparger al ciel sì spessi preghi?

Ma s' egli aven ch' ancor non mi si nieghi

finir anzi 'l mio fine

queste voci meschine,

non gravi al mio signor perch' io il ripreghi

di dir libero un dì tra l'erba e i fiori:

Drez et rayson es qu'ieu ciant em demori.

.

내 한숨지으며 살아온 오랜 세월,

이따금 내가 노래하는 그만한 이유는 있다네,

숱한 고통의 세월을

진즉에 웃음으로 삭이려고조차 않았던가.

내가 그 거룩한 눈[1]에

어떤 기쁨이라도 오, 나의 밀어密語로 채워 줄 수만 있다면

세상의 모든 연인에게,

그 얼마나 축복이 될 것인가!

하지만 내가 솔직하게 말하려는 바 이것이라네.

여인이 내게 간구하니[2] 내가 말하고 싶을밖에.

---

1) 시인이 맨 처음 마주친 라우라의 눈을 말함.
2) 시인 구이도 카발칸티(Guido Cavalcanti)의 유명한 칸초네 〈여인이 내게 간구하니(Donna mi priega)〉에 나오는 첫 구절임.

Ragion è ben ch' alcuna volta io canti

però ch'ò sospirato sì gran tempo

che mai non incomincio assai per tempo

per adequar col riso i dolor tanti.

Et s'io potesse far ch' agli occhi santi

porgesse alcun diletto

qualche dolce mio detto,

o me beato sopra gli altri amanti!

Ma più quand' io dirò senza mentire:

Donna mi priega, per ch' io voglio dire.

부질없는 생각에서 비롯해 조금씩 나의 이성은

도달할 수 없는 높은 곳으로 이끌렸건만,

여인의 마음이 돌처럼 단단해서

나 혼자서는 그곳에 들어갈 수가 없다네.

그녀는 우리의 말에 관심을 가질 만큼

낮은 곳을 내려다보지 않기에

그건 신의 뜻이 아니고

그에 맞서기엔 나는 이제 지쳐있다네.

내 마음이 고되고 또 쓰리기 때문에,

그래서 이제 나는 거친 말을 하고 싶소.

Vaghi pensier che così passo passo

scorto m'avete a ragionar tant'alto:

vedete che Madonna à 'l cor di smalto

sì forte ch'io per me dentro nol passo.

Ella non degna di mirar sì basso

che di nostre parole

curi, ché 'l ciel non vole,

al qual pur contrastando i' son già lasso:

onde come nel cor m'induro e 'naspro,

così nel mio parlar voglio esser aspro.

나는 무슨 말을 하고 있는 건가? 나는 어디에 있는 건가?

누가 나에게 엄청난 욕구보다 더한 속임수를 쓰겠는가?

내 마음은 천구天球를 따라 내달려도 보았지만,

어떤 행성도 나에게 눈물의 형벌을 내리지 않는다네.

죽음의 베일1)이 내 시야를 가린다면,

그것은 별들의 어떤 잘못일까,

아니면 아름다운 존재의 잘못일까?2)

커다란 기쁨의 존재로 다가온 그녀가 어느덧,

밤낮으로 비탄에 잠기게 하는 모습으로 내 안에 머무르고 있소

그 감미로운 모습, 그 부드럽고 사랑스러운 눈길.

---

1) 육체, 신체.
2) 아름다운 존재는 라우라로서 가변적인 것(現象의 세계)을 의미한다. 여기에 비하면 별은 부동의 하늘(Idea의 세계)을 의미한다.

Che parlo? o dove sono? e chi m'inganna,

altri ch'io stesso e 'l desiar soverchio?

Già s' i' trascorro il ciel di cerchio in cerchio

nessun pianeta a pianger mi condanna;

se mortal velo il mio veder appanna

che colpa è de le stelle

o de le cose belle?

Meco si sta chi dì et notte m'affanna,

poi che del suo piacer mi fe' gir grave

la dolce vista e 'l bel guardo soave.

저마다의 아름다움으로 세상을 꾸미는 모든 것
신의 손에서 선함으로 나타났다네.
그러나 그녀가 지닌 그 깊이를 볼 수 없는 나는
외모의 아름다움에 눈이 부셨다네.
그 진실의 빛을 한 번 더 볼 수 있다면
내 눈은 저항하지 않으련만.
내가 그녀의 천사 같은 아름다움에 눈을 돌렸을 때,
빛 때문이 아니라 스스로 잘못으로
내 눈은 무척 약해졌다네
청춘의 감미로운 시절에.

Tutte le cose di che 'l mondo è adorno

uscir buone de man del mastro eterno;

ma me che così a dentro non discerno

abbaglia il bel che mi si mostra intorno;

et s'al vero splendor giamai ritorno,

l'occhio non po star fermo,

così l'à fatto infermo

pur la sua propria colpa, et non quel giorno

ch'i' volsi in ver l'angelica beltade

nel dolce tempo de la prima etade.

71.1) 칸초네

인생은 짧고,

재능은 고상한 모험2)을 두려워하기에

인생도 재능도 어느 것 하나 미덥지 않네.

침묵 속에서 절규하는 나의 고통이

열망하는 바로 그곳에,

바라건대 그 자리에 있기를.

사랑이 둥지를 튼 그대 어여쁜 눈에,

내 어설픈 문체를 바치오니

본성은 게으르지만 더할 나위 없는 즐거움이네.

그대를 노래하는 이는

사랑의 날개로 고양되어

모든 악한 생각에서 스스로 멀어지는

주제로부터 고상한 습관을 얻는다네.

그 날개로 비상하여 이제는 말할 수 있네

아주 오래도록 내 마음속에 감춰왔던 것들을.

---

1) 71~73 칸초네는 라우라의 눈에 관한 "눈의 칸초네". 고통을 유발시키는 대상이 라우라의 눈임을 시인은 강조한다.

2) 라우라의 눈을 예찬하는 일.

71.

Perché la vita è breve

et l'ingegno paventa a l'alta impresa,

né di lui né di lei molto mi fido;

ma spero che sia intesa

là dov' io bramo et là dove esser deve

la doglia mia, la qual tacendo i' grido.

Occhi leggiadri dove Amor fa nido,

a voi rivolgo il mio debile stile

pigro da sé, ma 'l gran piacer lo sprona;

et chi di voi ragiona

tien dal soggetto un abito gentile

che con l'ale amorose

levando, il parte d'ogni pensier vile.

Con queste alzato vengo a dire or cose

ch' ò portate nel cor gran tempo ascose.

내 몰라서가 아니라네

그대에 대한 나의 칭송이 얼마나 보잘것없는지를.

다만 거부할 수 없을 뿐,

내 안에 있는 그 큰 열망을

어떠한 생각도 그와 견줄 수 없고,

나의 말이나 남의 말로도 대신할 수 없는 것[1]을 본 그때 이후로,

나의 달콤한 상태의 출발은 끔찍했노라,

이러한 나를 그대 아닌 어느 누구도 이해하지 못했음을 나는 안다네.

강렬한 빛[2]에 내가 그만 눈처럼 희어질 때,

그대의 고상한 경멸

아마도 나의 무능에 상심한 것은 아닐는지.

아아 이 두려움이 만약

나를 태우는 이 불을 끄지 못한다면,

사라져가는 것도 행복이리라! 그대 가까이 있기에

그대 없이 사는 것보다 차라리 죽는 편이 더 나으리.

---

1) 라우라의 두 눈을 가리킴.
2) 태양 빛을 가리키면서 라우라의 눈빛을 암시.

Non perch' io non m'aveggia

quanto mia laude è 'ngiuriosa a voi:

ma contrastar non posso al gran desio

lo qual è 'n me da poi

ch'i' vidi quel che pensier non pareggia,

non che l'avagli altrui parlar o mio.

Principio del mio dolce stato rio,

altri che voi so ben che non m'intende:

quando agli ardenti rai neve divegno,

vostro gentile sdegno

forse ch' allor mia indignitate offende.

O se questa temenza

non temprasse l'arsura che m'incende,

beato venir meno! ché 'n lor presenza

m'è più caro il morir che 'l viver senza.

그래도 나 무너지지 않네

강렬한 불꽃에 나약한 존재이건만,

스스로 나를 온전히 보존하는 가치 때문만은 아니라네.

어느 정도는 두려움이 있기에,

피를 얼게 하고 심장을 굳게 하며,

더 오래 타오르게 하리니.

오 언덕과 골짜기, 시내와 숲 그리고 들판이여,

오 나의 고된 삶의 목격자여,

얼마나 여러 번 내가 죽음을 부르는 소리를 그대여 들었던가!

아 운명은 너무도 고통스러워

머무르면 나를 파괴하고 도망가면 아무런 도움이 되지 못하네!

그러나 더 큰 두려움이

나를 멈추지 않는다면 고되고 쓰라린

고통은 이내 끝나리니.

이는 돌아보지 않는 자[1]의 잘못이리라.

---

[1] 자신의 불행에 무관심한 라우라를 가리킴.

Dunque ch'i' non mi sfaccia

sì frale oggetto a sì possente foco,

non è proprio valor che me ne scampi;

ma la paura un poco,

che 'l sangue vago per le vene agghiaccia,

risalda 'l cor perché più tempo avampi.

O poggi, o valli, o fiumi, o selve, o campi,

o testimon de la mia grave vita,

quante volte m'udiste chiamar Morte!

Ahi dolorosa sorte,

lo star mi strugge e 'l fuggir non m'aita!

Ma se maggior paura

non m'affrenasse, via corta et spedita

trarrebbe a fin questa aspra pena et dura:

et la colpa è di tal che non à cura.

슬프도다. 왜 길에서 벗어나 내가 원치 않는 바를

말하게 하는지?

기쁨이 명하는 대로 나, 가게 내버려 두오.

인간이 닿을 수 없는 고요한,

그대 두 눈을 탓함도 아니고,

나를 사랑에 옭아 맨 그를 탓함도 아닌 까닭에.

가끔 **사랑**이 바로 내 얼굴에 그려 놓은

그 온갖 빛깔을 잘 바라보게나,

사랑이 내 안에서 어떻게 했는지 짐작할 수 있으리니,

그대 두 눈이 발하는 그 힘으로

밤낮 나를 지배하는 그곳에서,

그대 거룩하고 복된 빛이여

그대 자신만은 바라보지 못할 뿐.

당신이 나를 바라볼 때마다,

당신의 모습을 다른 이에게서 보게 되리라.

Dolor, perché mi meni

fuor di camin a dir quel ch'i' non voglio?

sostien ch'io vada ove 'l piacer mi spigne.

Già di voi non mi doglio,

occhi sopra 'l mortal corso sereni,

né di lui ch'a tal nodo mi distrigne.

Vedete ben quanti color depigne

Amor sovente in mezzo del mio volto,

et potrete pensar qual dentro fammi,

là 've dì et notte stammi

a dosso col poder ch'à in voi raccolto,

luci beate et liete

se non che 'l veder voi stesse vè tolto:

ma quante volte a me vi rivolgete

conoscete in altrui quel che voi siete.

신성하고 믿을 수 없을 정도라

내가 말하려는 그 아름다움이

그대에게 그토록 잘 알려져 있다면, 마치 그것을 바라보는 누군가에게,

절제된 기쁨

그 마음조차 갖지 못했을 거라고. 그러나 그대 마음을 열어젖히고

그대 주변에 널려있는 자연의 생명력과는 아마도 멀리 있는 것이리라.

그대로 인해 탄식하는 그 영혼은 행복하여라,

하늘의 빛, 그 빛으로 인해 내가 삶에 감사하기에

다른 것이라면 내가 감사하지도 않을 그 삶에!

아아, 왜 그토록 드문드문

내가 도저히 만족하지 못하는 것을 내게 주시나요?

왜 이따금

나의 **사랑**이 고문이 되는 것을 바라보시나요?

그리고 왜 그 영혼이 때때로 느끼는 그 선^善마저

나에게서 가차 없이 빼앗아가시나요?

S'a voi fosse sì nota

la divina incredibile bellezza

di ch'io ragiono come a chi la mira,

misurata allegrezza

non avria 'l cor; però forse è remota

dal vigor natural che v'apre et gira.

Felice l'alma che per voi sospira,

lumi del ciel per li quali io ringrazio

la vita che per altro non m'è a grado.

Oimè, perché sì rado

mi date quel dond' io mai non mi sazio?

perché non più sovente

mirate qual amor di me fa strazio?

et perché mi spogliate immantanente

del ben ch' ad ora ad or l'anima sente?

그대에게 감사하며

때때로 나는 말해야 하리, 내 영혼에

깃든 기이하고도 새로운 달콤함이,

고통스러운 생각이 지워준

모든 짐을 가벼이 해,

수많은 것 중에 오직 하나[1]만이 남았노라고.

더도 아닌 이 인생의 한 조각이 내게 기쁨을 주네.

또한 이 행복이 잠시라도 지속될 수 있다면,

그 어떤 생도 이보다 못하리라.

아마도 다른 이는 질투하겠지만,

그 큰 명예는 나를 자랑스럽게 하리라.

그러나 어쩌랴, 운명인 것을

환희는 눈물로 끝을 맺으니,

번민의 불을 *끄고*

내게로 돌아와, 생각에 잠기네.

---

1) 라우라의 정열적인 눈을 처음 본 순간에 대한 기억.

Dico ch' ad ora ad ora,

vostra mercede, i' sento in mezzo l'alma

una dolcezza inusitata et nova

la qual ogni altra salma

di noiosi pensier disgombra allora,

sì che di mille un sol vi si ritrova.

Quel tanto a me, non più, del viver giova;

et se questo mio ben durasse alquanto,

nullo stato aguagliarse al mio porrebbe.

Ma forse altrui farrebbe

invido et me superbo l'onor tanto;

però, lasso, convensi

che l'estremo del riso assaglia il pianto,

e 'nterrompendo quelli spirti accensi,

a me ritorni et di me stesso pensi.

사랑스러운 상념은

그대 안에 자리를 틀어, 내게 모습을 드러내더니

내 마음에서 온갖 기쁨을 이끌어 낸다네.

육신은 비록 스러지지만

나에게서 나온 말과 업적으로

불멸의 존재가 되기를, 나 희망한다네.

그대 모습 드러내기 전에 근심 권태는 달아나고,

그대 떠나려 하자 이내 되돌아오네.

그러나 사랑에 빠진 기억이

근심 권태를 막았기에,

곁에만 머무를 뿐 더 이상 가지 못한다네.

그리하여 만약 사랑스러운 열매가

내게서 태어난다면, 그대에게서는 먼저 씨앗이 나오리라.

나는 거의 불모의 땅이지만,

그대가 가꾸어냈으니, 칭송은 모두 그대의 것이네.

L'amoroso pensero

ch'alberga dentro in voi mi si discopre

tal che mi tra' del cor ogni altra gioia;

onde parole et opre

escon di me sì fatte allor ch'i' spero

farmi immortal, perché la carne moia.

Fugge al vostro apparire angoscia et noia,

et nel vostro partir tornano insieme;

ma perché la memoria innamorata

chiude lor poi l'entrata,

di là non vanno da le parti estreme.

Onde s' alcun bel frutto

nasce di me, da voi vien prima il seme;

io per me son quasi un terreno asciutto

colto da voi, e 'l pregio è vostro in tutto.

노래여, 그대 나를 진정시키기는커녕, 불타오르게 하여
나를 훔쳐 간 존재[1])에 대해 말하게 하네.
하지만 그대 혼자가 아님을 명심하기를.

---

1) 라우라를 가리킴.

Canzon, tu non m'acqueti, anzi m'infiammi

a dir di quel ch'a me stesso m'invola:

però sia certa de non esser sola.

72. 칸초네

고귀한 여인이여, 나는 본다네
그대 눈이 움직일 때 감미로운 빛은
나의 길을 비추어 천국으로 인도하네.
그곳에서 나는 오랜 관습 마냥,
사랑 가득 홀로 앉아있네,
그대의 마음 밝게 빛나 들여다볼 정도라네.
이 광경은 나를 선善으로 이끌고,
영광스러운 목표[1]에 이르게 하였네.
나 홀로 다른 이들에게서 멀어지네.
그 성스러운 빛에 무엇을 느꼈는지
인간의 언어로는
설명할 수 없다네,
겨울이 모든 서리를 흩어버릴 때도,
내가 처음 갈망했던 시절같이
후에 다시 젊어질 때가 온다 해도.

---

[1] 3행의 '천국'과 같은 의미임.

72.

Gentil mia Donna, i' veggio

nel mover de' vostr'occhi un dolce lume

che mi mostra la via ch' al ciel conduce;

et per lungo costume

dentro, là dove sol con Amor seggio,

quasi visibilmente il cor traluce.

Questa è la vista ch'a ben far m'induce,

et che mi scorge al glorioso fine;

questa sola dal vulgo m'allontana.

Né giamai lingua umana

contar poria quel che le due divine

luci sentir mi fanno,

e quando 'l verno sparge le pruine,

et quando poi ringiovenisce l'anno

qual era al tempo del mio primo affanno.

나는 생각한다네. 하늘 어딘가에서,

천체1)의 영원한 운행자

그가 한 일2)이 지상에서도 나타나 보인다면,

더 많은 업적이 화려하게 펼쳐져,

나를 가두었던 마음의 감옥이 열리고,

그런 삶의 길3)로 나아가려 하려네.

해서 나는 또다시 일상의 전쟁4)으로 돌아갈지니,

나에게 그처럼 커다란 선善의 덕성을 지닌,

자연과 내 태어난 날5)에 감사하고,

내 마음에 그런 희망을

일깨워 준 그녀에게 감사하리라. 그때까지는

권태로 육신이 처져 있었지만,

이후론 다시 새 삶의 기쁨을 찾았다네,

그 마음에 고상하고 온유한 생각을 가득 채웠으나

그 열쇠는 오직 아름다운 그대 두 눈에 있다네.

---

1) 고대 우주론의 오천(五天) 중에서 가장 높은 하늘, 즉 최고천(最高天)을 말함. 불과
   빛의 정화의 세계로서 후에는 신과 천사들이 사는 곳으로 알려짐.
2) 라우라의 속내를 보는 것.
3) '인간적인 사랑과 욕망의 길'을 의미.
4) '세속적인 사랑'을 의미.
5) 1304년 7월 20일.

Io penso: se là suso,

onde 'l motor eterno de le stelle

degnò mostrar del suo lavoro in terra,

son l'altr'opre sì belle,

aprasi la pregione ov'io son chiuso

et che 'l camino a tal vita mi serra.

Poi mi rivolgo a la mia usata guerra,

ringraziando Natura e 'l dì ch'io nacqui

che reservato m'ànno a tanto bene,

et lei ch'a tanta spene

alzò il mio cor: ché 'nsin allor io giacqui

a me noioso et grave,

da quel dì inanzi a me medesmo piacqui,

empiendo d'un pensier alto et soave

quel core ond' ànno i begli occhi la chiave.

사랑의 여신이나 항시 변하는 운명의 여신도

자신들의 가장 절친한 친구들에게조차

이 세상에서 주지 않는 행복일지라도

나는 그 눈길과는 기필코 바꾸지 않으리라,

그곳으로부터 나의 모든 휴식이 온다네,

마치 모든 나무가 자신의 뿌리에서 비롯되듯이.

천사같이 사랑스러운 불꽃, 내 삶의

모든 축복 속에서 나를 달콤하게 소진하고 무너뜨리는

즐거움[1]이 타오르네.

그대 찬란히 빛날 때마다

모든 다른 빛이 달아나 사라지는 것처럼,

바로 내 가슴으로부터,

그렇게 많은 감미로움이 내 가슴으로 쏟아질 때,

그밖에 모든 것, 모든 나의 잡념들은 떠나고

그대와 단둘이 있는 그곳에 **사랑**의 여신만이 남으리라.

---

1) 불멸을 위해 자신의 욕구를 사용하는 즐거움.

Né mai stato gioioso

Amor o la volubile Fortuna

dieder a chi più fur nel mondo amici,

ch'i' nol cangiassi ad una

rivolta d'occhi ond'ogni mio riposo

vien come ogni arbor vien da sue radici.

Vaghe faville angeliche, beatrici

de la mia vita, ove 'l piacer s'accende

che dolcemente mi consuma et strugge:

come sparisce et fugge

ogni altro lume dove 'l vostro splende,

così de lo mio core,

quando tanta dolcezza in lui discende,

ogni altra cosa, ogni penser va fore

et solo ivi con voi rimanse Amore.

행복한 연인들의 가슴 한 곳으로

모두 쏠린 달콤함이

크다 할지라도, 내 느낌과는

견줄 바 아니라오. 새까만 눈동자로

사랑이 기쁨을 얻는 빛을 향해

그대가 살며시 좇아가던 때.

강보와 요람에서부터 믿노라니

내 불완전함과 불운에 맞서

이 구원을 하늘이 내려주었음을.

그대의 베일은 내게 아픔을 주네

내 눈에서 최상의 즐거움을 앗아가는

그대 손1)이 그러하듯

그대 변하는 모습에 따라 흔들리는

마음을 다독이기 위해

밤이나 낮이나 큰 갈망이 넘쳐흐르네.

---

1) 사랑의 감정을 부정하는 손짓.

Quanta dolcezza unquanco

fu in cor d'aventurosi amanti, accolta

tutta in un loco, a quel ch'i' sento è nulla,

quando voi alcuna volta

soavemente tra 'l bel nero e 'l bianco

volgete il lume in cui Amor si trastulla;

et credo da le fasce et da la culla

al mio imperfetto, a la fortuna avversa,

questo rimedio provedesse il cielo.

Torto mi face il velo

et la man che sì spesso s'attraversa

fra 'l mio sommo diletto

et gli occhi, onde dì et notte si rinversa

il gran desio per isfogare il petto

che forma tien dal variato aspetto.

슬프지만, 내 타고난 재능이

뛰어나지 못하여

나를 사랑스럽게 바라보지 않으니,

저 높이 희망1)이 되고

내 모든 것을 태우는 고귀한 불꽃이 되도록

나를 몰아칠 수밖에 없구나.

선한 것엔 재빠르고 악한 것엔 느린,

세속적인 욕망을 경멸하는 자,

부단한 노력 끝에 이루어지리라,

아마도 그런 명성은

그녀의 친절한 배려에서 나온 것이었으리니.

분명 내 눈물의 끝은,

고통스러운 내 마음이 부른다네,

아름다운 눈에서 마침내 감미롭게 떨려와,

모든 고귀한 여인들의 마지막 희망이 되리라.

---

1) 라우라를 기쁘게 해주는 희망.

Perch' io veggio, et mi spiace,

che natural mia dote a me non vale

né mi fa degno d'un sì caro sguardo,

sforzomi d'esser tale

qual a l'alta speranza si conface

et al foco gentil ond' io tutto ardo.

S'al ben veloce et al contrario tardo,

dispregiator di quanto 'l mondo brama

per solicito studio posso farme,

porrebbe forse aitarme

nel benigno iudicio una tal fama:

certo, il fin de' miei pianti,

che non altronde il cor doglioso chiama,

ven da' begli occhi al fin dolce tremanti,

ultima speme de' cortesi amanti.

노래여, 한 자매는 조금 앞서 있고,

다른 자매[1]는 같은 숙소에서 단장하는 소리를 내 듣노니,

나 바로 그곳에서 많은 지면을 채우노라.

---

1) 뮤즈의 세 여신을 가리킨다.

Canzon, l'una sorella è poco inanzi

et l'altra sento in quel medesmo albergo

apparecchiarsi, ond'io più carta vergo.

73. 칸초네

운명이었던가

나를 영원한 탄식으로 몰았던

그 불타는 욕망을 읊조릴 수밖에 없었음은,

사랑이여, 나를 이 지경으로 만든 그대여,

안내자가 되어, 내게 여정을 보여주오,

그리하면 시 구절구절 그 욕망에 어울리리라.

하지만 넘치는 달콤함에 마음이 녹아내릴

정도는 아니어도, 나 두려울 따름이네,

다른 이의 눈이 닿지 않는 곳[1]에 느끼는 바 있기에.

내가 겁먹고 떨 때마다, 재능이 아니라

내 말들이 나를 불태우고 아픔을 주기에,

그럴 때마다

마음의 커다란 불꽃이 사위어 가고,

아니 오히려, 나의 시어詩語들 소리에 나 무너져 내려,

마치 내가 햇살을 받고 서 있는 눈사람이 된 듯하외다.

---

1) 영혼.

73.

Poi che per mio destino

a dir mi sforza quell'accesa voglia

che m'à sforzato a sospirar mai sempre,

Amor, ch'a ciò m'invoglia,

sia la mia scorta e 'nsignimi 'l camino

et col desio le mie rime contempre;

ma non in guisa che lo cor si stempre

di soverchia dolcezza, com' io temo

per quel ch'i' sento ov'occhio altrui non giugne;

ché 'l dir m'infiamma et pugne

né per mi' 'ngegno, ond' io pavento et tremo,

sì come talor sòle

trovo 'l gran foco de la mente scemo,

anzi mi struggo al suon de le parole

pur com' io fusse un uom di ghiaccio al sole.

그 시어들 속에서 불붙는 내 욕망을 잠재울

정전停戰 같은 짧은 휴식을 찾았다고

나는 믿기 시작했다네.

이런 바람으로 나는

느낀 바를 감히 말할 수 있게 되었지만,

정작 절실한 필요 속에 남겨져 시들고 마네.

그러나 강력한 의지가 나를 움직여

사랑의 편지를 계속 쓰게 하니,

여전히 이 고귀한 모험을 추구할 수밖에.

이제 고삐를 죄던 이성마저 마비되어

맞서 싸울 수 없네.

사랑은 적어도 보여준다네

내가 무슨 말을 해야 하는지를

어쩌다가 사랑이 아름다운 적[1]의 귀를 울린다면,

그녀는 내가 아닌 연민의 친구가 될 수 있으리라.

---

1) 그녀, 즉 라우라를 지칭함.

Nel cominciar credia

trovar parlando al mio ardente desire

qualche breve riposo et qualche triegua;

questa speranza ardire

mi porse a ragionar quel ch' i' sentia,

or m'abbandona al tempo et si dilegua.

Ma pur conven che l'alta impresa segua

continuando l'amorose note,

sì possente è 'l voler che mi trasporta:

et la ragione è morta

che tenea 'l freno et contrastar nol pote.

Mostrimi almen ch'io dica

Amor in guisa che, se mai percote

gli orecchi de la dolce mia nemica,

non mia ma di pietà la faccia amica.

나는 말하리라. 그 시절

참된 명예를 좇아 영혼이 그토록 불타오르던 때,

일부 부지런한 사람들은

이국땅을 순례하며,

언덕과 바다를 지나, 명예로운 것들을 두루 찾다가

가장 아름다운 꽃을 취하였다네.

신과 **사랑**,[1] 그리고 자연이 원하는 바

모든 덕성을 온전히 갖춘

아름다운 그 빛[2] 속에서, 나 기쁘게 살아가노라

내 사는 이 강가와 강 저편을 옮겨 다니거나

산천을 바꿀 필요도 없다네.

내 언제나 달려가네

그 빛을 향해, 마치 내 구원의 뿌리인 양,

죽음을 갈망하며 달음질칠 때,

그 빛에 머무는 시선만으로도 나 살아가리라.

---

1) 라우라.
2) 라우라의 눈빛.

Dico: se 'n quella etate

ch'al vero onor fur gli animi sì accesi

l'industria d'alquanti uomini s'avolse

per diversi paesi,

poggi et onde passando et l'onorate

cose cercando, e'l più bel fior ne colse;

poi che Dio et Natura et Amor volse

locar compitamente ogni virtute

in quei be' lumi ond' io gioioso vivo,

questo et quell'altro rivo

non conven ch'i' trapasse et terra mute:

a lor sempre ricorro

come a fontana d'ogni mia salute,

et quando a morte disiando corro,

sol di lor vista al mio stato soccorro.

한밤중 풍랑에 지친 조타수가

언제나 북극을 가리키는 두 별자리[1]를 고개 들어 쳐다
보듯이,

내가 견디고 있는

사랑의 폭풍우 속에서,

그녀의 빛나는 눈동자는

나의 유일한 위안이요, 나의 별자리라네.

슬프도다, 그 눈동자 우아한 선물로 다가오기보다

사랑이 가르친 대로, 그녀 눈동자 여기저기,

더 많은 것을 나 혼자 훔쳐보고 있으니.

내 비록 보잘것없어도

그 눈을 내 영원한 규범으로 삼네.

처음 본 그 순간부터,

그 없이는 선善을 향해 한 걸음도 나아갈 수 없었기에

이후 그 눈을 내 마음 가장 높은 곳에 두었다네,

내 하나만의 가치로는 의미가 없기에.

---

1) 큰곰자리와 작은곰자리(북극성과 북두칠성).

Come a forza di venti

stanco nocchier di notte alza la testa

a' duo lumi ch'à sempre il nostro polo,

così ne la tempesta

ch'i' sostengo d'amor, gli occhi lucenti

sono il mio segno e 'l mio conforto solo.

Lasso, ma troppo è più quel ch' io ne 'nvolo

or quinci or quindi, come Amor m'informa,

che quel che ven da grazioso dono;

et quel poco ch'i' sono

mi fa di loro una perpetua norma;

poi ch'io li vidi in prima

senza lor a ben far non mossi un'orma,

così gli ò di me posti in su la cima

che 'l mio valor per sé falso s'estima.

결단코 상상할 수도

하물며 이야기할 수도 없네, 내 마음 안에

그 부드러운 눈이 만들어 낸 온갖 상념을.

그 눈길 아니면 이생生에서

다른 즐거움은 생각지 못하니,

어떤 아름다움도 뒷전이라네.

천상에 영원히 있을

아무런 고통 없는 고요한 평화는,

매혹적인 웃음[1]에서 비롯되었다오.

어떻게 달콤하게 **사랑**이 지배하는지

바로 가까이

단 하루만이라도 바라볼 수 있다면,

천체의 별 하나 움직이지 않고

어느 누구도, 나 자신도 생각지 않고

눈조차 자주 깜박이지도 않고서.

---

1) 그녀의 웃음 띤 눈.

I'non poria giamai

imaginar, non che narrar, gli effetti

che nel mio cor gli occhi soavi fanno;

tutti gli altri diletti

di questa vita è per minori assai,

et tutte altre bellezze in dietro vanno.

Pace tranquilla senza alcuno affanno,

simile a quella ch'è nel ciel eterna,

move da lor inamorato riso;

così vedess'io fiso

come Amor dolcemente gli governa

sol un giorno da presso

senza volger giamai rota superna,

né pensasse d'altrui né di me stesso,

e 'l batter gli occhi miei non fosse spesso.

슬프다, 내가 찾아 헤매는 것이

어떤 식으로도 있을 수 없는 것이라니,

그리고 아무런 희망 없이 열망 속에서 살아가야 한다니.

단지 그 **사랑**의 매듭만이

나의 혀 주변을 에워싸고 있다네

인간적인 시력이 그 과한 빛을 앞서갈 때는,

자유로운 듯, 용기를 기꺼이 내어

그토록 새로운 그 순간에 말을 해볼 수도 있으련만

그것을 들을라치면 눈물을 흘릴 수밖에 없는 지경에 처하
고 마네.

하지만 새겨진 상흔들이

억지로 상처 난 마음을 다른 곳으로 돌려버리고,

그 자리에 나는 창백하게 되어,

피는 모습을 감추고, 나는 내가 어디에 있는지도 모르는
상태로,

더 이상 나는 그 이전의 존재가 아니라네. 그제야 나는
깨달았네

이것이 **사랑**이 나를 죽였던 그 일격임을.

Lasso, che disiando

vo quel ch'esser non puote in alcun modo,

et vivo del desir fuor di speranza.

Solamente quel nodo

ch'Amor cerconda a la mia lingua quando

l'umana vista il troppo lume avanza

fosse disciolto, i' prenderei baldanza

di dir parole in quel punto sì nove

che farian lagrimar chi le 'ntendesse.

Ma le ferite impresse

volgon per forza il cor piagato altrove,

ond' io divento smorto

e 'l sangue si nasconde, i' non so dove,

né rimango qual era; et sommi accorto

che questo è 'l colpo di che Amor m'à morto.

노래여, 나는 펜을 이미 지치게 했음을 안다네

오래도록 달콤한 말을 그와 같이 했기에,

그러나 나와 함께 말하는 것에 나의 상념은 지치지도

않았다 하네.

Canzone, i' sento già stancar la penna
del lungo et dolce ragionar con lei,
ma non di parlar meco i pensier mei.

74. 소네트

나는 지겨우리만큼 이런 생각에 잠기곤 한다네
그대에 대한 상념들이 어찌하여 전혀 지겹지 않은지를,
어찌하여 그토록 무거운 번뇌에서 벗어나려고
아직도 삶을 포기하지 않았는지를.

어찌하여 그대 얼굴, 그대 머릿결에 대해 말하는지
그대 아름다운 눈에 대해 시를 읊조리는지
내 혀와 음성을 이제껏 상실하지 않았는지,
밤이나 낮이나 그대의 이름을 부르노라.

사방으로 그대 발자국을 좇으면서
헛되이 많은 걸음을 낭비하였음에도,
나의 발들은 닳지도 지치지도 않았다네.

74.

Io son già stanco di pensar sì come
i miei pensier in voi stanchi non sono
et come vita ancor non abbandono
per fuggir de' sospir sì gravi some;

et come a dir del viso et de le chiome
et de' begli occhi ond' io sempre ragiono
non è mancata omai la lingua e 'l suono,
dì et notte chiamando il vostro nome;

et che' pie' miei non son fiaccati et lassi
a seguir l'orme vostre in ogni parte,
perdendo inutilmente tanti passi;

또한 그대 생각으로 가득 채울

잉크와 종이가 어디에 있는지. 여기 내 잘못이 있다면,

그것은 **사랑** 탓이요, 내 시[1]의 결함은 아니라네.

---

1) 원문에서 arte를 '기술', '예술'이 아닌 '시'로 번역함. 시적기법의 결함을 가리킴.

et onde vien l'enchiostro, onde le carte

ch'i'vo empiendo di voi: se 'n ciò fallassi,

colpa d'Amor, non già defetto d'arte.

75. 소네트

그 아름다운 눈, 나에게 아픔을 주었지만
오직 그것만이 상처를 치유할 수 있네,
약초나 마술의 힘도 아니고
바다 멀리 발견된 돌의 힘도 아니라네.

그 눈동자, 다른 사랑을 향한 내 길을 막고
오직 달콤한 생각만 남겨 영혼을 평온하게 하네.
만일 혀로 사랑을 갈구하도록 이끈다면,
혀가 아니라 안내자1)가 웃음거리가 되어야 하리.

이 아름다운 눈, 내 주인의 깃발을
곳곳에서 특별히 내 마음 한편에서
승리로 펄럭이게 하네.

---

1) 라우라를 가리킴.

75.

I begli occhi ond’ i’ fui percosso in guisa
ch’e’ medesmi porian saldar la piaga,
et non già vertù d’erbe o d’arte maga
o di pietra dal mar nostro divisa,

m’ànno la via sì d’altro amor precisa
ch’un sol dolce penser l’anima appaga;
et se la lingua di seguirlo è vaga
la scorta po, non ella, esser derisa.

Questi son que’ begli occhi che l’imprese
del mio signor vittoriose fanno
in ogni parte et più sovra ’l mio fianco;

이 아름다운 눈동자 영원히

내 마음속에서 불타오르며 살아있으니,

그 눈동자 아무리 읊조려도 나 결단코 지치지 않네.

questi son que' begli occhi che mi stanno

sempre nel cor colle faville accese,

perch'io di lor parlando non mi stanco.

76. 소네트

사랑이여, 숱한 언약의 말로 나를 유혹하며
옛 감옥1) 속으로 다시 이끌다가는,
나의 적2)에게 그 열쇠를 주어
여전히 나를 추방 상태로 몰아넣는다네.

아아, 그 힘 안에 놓이고서야 비로소 나는
알게 되었다네. 온갖 노력을 다해서
(맹세코 그것이 진실이라 할지라도 누가 그것을 믿으리
오?)
탄식하며 자유3)로 돌아온다네.

참으로 고통받는 죄수처럼
내 사슬의 대부분을 끌고 다니며,
눈과 이마에 내 마음을 새겼다네.

---

1) 시인이 라우라를 만나기 전, 옛 젊은 시절의 첫사랑의 감옥을 의미함. 젊은 시절의
   풋사랑으로부터 빠져나와 라우라의 아름다움에 사로잡히기 전까지 자유롭게 지낼
   수 있었던 시절, 그 이전의 사랑의 감옥을 의미함.
2) 라우라.
3) (라우라에 대한) 새로운 사랑에 속박된 역설적 의미.

76.

Amor con sue promesse lusingando
mi ricondusse a la prigione antica,
et die' le chiavi a quella mia nemica
ch' ancor me di me stesso tene in bando.

Non me n'avidi, lasso, se non quando
fui in lor forza; et or con gran fatica
(chi 'l crederà, perché giurando i' 'l dica?)
in libertà ritorno sospirando.

et come vero prigioniero afflitto
de le catene mie gran parte porto
e 'l cor negli occhi et ne la fronte ò scritto.

나의 얼굴빛을 알아차리고는,

이렇게 말하리라. 내가 보고 판단한 것이 옳다면,

이 사람은 분명 죽음에 이른 것과 다름없다고.

Quando sarai del mio colore accorto
dirai: S'i' guardo et giudico ben dritto,
questi avea poco andare ad esser morto.

77. 소네트

폴리클리투스[1]와 저 기예로 유명했던 자들이
천 년 동안 아무리 열심히 찾았다 하더라도
그들은 내 마음을 사로잡았던
아름다움의 한 자락[2]마저 보지 못했을 것이네.

나의 친구 시몬[3]은 분명 천국에 있었네,
이 우아한 여인이 온 그곳에.
천상에서 그녀를 보았다는 징표로, 그 아름다운 얼굴을
이 지상의 종이에 옮겨 놓았네.

---

1) 기원전 450년경의 그리스 조각가.
2) 라우라의 눈.
3) 로마교황청에서 봉사하던 1339년에 시몬은 베네딕트 12세 교황이 아비뇽으로
불렸기 때문에 아비뇽에 머물게 되었다. 그 시몬이 바로 잘 알려진 이탈리아의
시에나파 화가, 시모네 마르티니(1284?~1344)이다. 시모네 마르티니는 아비뇽
에 머물면서, 양피지에 라우라의 세밀한 초상화를 그렸다. 그 초상화를 페트라르카
가 이 소네트에서 찬양한 것이다. 그 라우라의 초상화는 페트라르카가 「나의 비밀
(Secretum)」을 작업하고 있을 때 그려진 것으로 알려졌다.

77.

Per mirar Policleto a prova fiso
con gli altri ch'ebber fama di quell'arte,
mill' anni non vedrian la minor parte
della beltà che m'àve il cor conquiso.

Ma certo il mio Simon fu in Paradiso
onde questa gentil donna si parte;
ivi la vide, et la ritrasse in carte
per far fede qua giù del suo bel viso.

이 작업은 천국에서만 가능할 뿐

여기 우리네 세상에서는 상상도 할 수 없다네,

육체가 영혼의 베일인 이곳에서는.[1]

전에 없었던 고귀한 행위로

열정과 냉정을 그리려 내려왔건만,

필멸의 세계만이 그의 눈에 남았네.[2]

---

[1] 인간의 육체를 낮게 보고 정신을 높게 보는 중세시대의 지배적인 인간관이 드러나 있다. 이 지상에 사는 동안은 육체라는 베일에서 벗어날 수 없기에 고귀한 정신을 지닐 수 없음을 나타내고 있다.

[2] 감성적(육체적) 세계와 이성적(정신적) 세계를 대비하고 있다. 현실적으로는 지상의 아름다움에 머물고 싶지만, 신앙인으로서는 이성적 세계를 동경해야 하는 아픔을 느끼게 한다.

L'opra fu ben di quelle che nel cielo

si ponno imaginar, non qui tra noi,

ove le membra fanno a l'alma velo;

cortesia fe', né la potea far poi

che fu disceso a provar caldo et gielo

et del mortal sentiron gli occhi suoi.

78. 소네트

그 높은 이상이 처음 떠올랐을 때
시몬은 나를 위해 붓을 들었고,
고귀한 작품에 외양은 물론
목소리와 지성까지도 불어넣었다네,1)

다른 이에게는 소중하나, 내게는 경멸의 대상이었던,
내 가슴 속 수많은 탄식2)을 시몬이 날려 보냈겠지.
그녀는 지극히 온유한 모습으로
내게 평화를 약속하는 듯하네.

이윽고, 그녀에게 말을 건네니
친절하게도 그 말을 들어주는 듯,
내 말에만 답할 수 있는 것처럼.

---

1) 입술과 눈을 그려 넣음을 의미함.
2) 매우 고통스러운 세속적 욕망.

78.

Quando giunse a Simon l'alto concetto
ch'a mio nome gli pose in man lo stile,
s'avesse dato a l'opera gentile
colla figura voce ed intelletto,

di sospir molti mi sgombrava il petto
che ciò ch' altri à più caro a me fan vile:
Però che 'n vista ella si monstra umile,
promettendomi pace ne l'aspetto.

ma poi ch' i' vengo a ragionar con lei,
benignamente assai par che m'ascolte,
se risponder savesse a' detti miei.

피그말리온,1) 그대의 창조물과 더불어

그대 얼마나 행복한가, 수천 번이나

내 그토록 갈망했던 오직 하나를 그대는 얻었으니.

---

1) 그리스 신화에 나오는 왕. 오비디우스의 「변신 이야기」에서는 조각가로 등장하며, 자신의 이상형을 상아로 조각하였다가 그 조각상과 사랑에 빠졌으나, 아프로디테 (비너스) 여신이 그의 기도에 응답하여 그 조각상에 생명을 불어넣어 주자, 그는 조각상에서 환생한 여인과의 사랑을 이루었다.

Pigmalión, quanto lodar ti dei
de l'imagine tua, se mille volte
n'avesti quel ch'i' sol una vorrei.

79. 소네트

내가 탄식하며 지낸 열네 번째 해의

끝과 중간이 그 맨 처음[1]에 화답하면,

더 이상 산들바람도 그늘도 나를 구할 수 없으리니,

내 느끼건대 나의 불같은 열정이 이토록 커져만 가고 있기에.

사랑이여, 그대 사랑의 상념과 결코 두 동강 날 수 없으리니,

사랑의 멍에에 짓눌려 숨조차 제대로 쉬지 못하는구나,

사랑이 나를 사로잡아 이미 나는 반쪽조차 아닌 것은,

내 상처[2]에 그리도 빈번하게 두 눈을 돌려 보려 했기 때문이네.

---

1) 사랑의 열정이 시작한 그 맨 처음.
2) 내 마음의 상처, 다시 말해서 라우라를 가리킴.

79.

S' al principio risponde il fine e 'l mezzo
del quartodecimo anno ch'io sospiro,
più non mi po scampar l'aura né 'l rezzo,
sì crescer sento 'l mìo ardente desiro.

Amor, con cui pensier mai non amezzo,
sotto 'l cui giogo giamai non respiro,
tal mi governa ch'i' non son già mezzo
per gli occhi ch'al mio mal sì spesso giro.

이렇듯 그리움에 사무쳐 매일매일 원하노라,
그렇게 남몰래 슬쩍, 나 혼자만 알뿐이네
그녀를 바라만 보아도 마음은 나를 녹여버리고 마는 것을.

마침내 가까스로 예까지 내 영혼을 이끌고 왔건만,
그녀가 얼마나 오래 나와 함께 할지는 모른다네,
왜냐하면 죽음은 가까이 오고, 삶은 달아나기에.

Così mancando vo di giorno in giorno

sì chiusamente ch'i' sol me n'accorgo

et quella che guardando il cor mi strugge;

a pena infin a qui l'anima scorgo,

né so quanto fia meco il suo soggiorno,

ché la morte s'appressa e 'l viver fugge.

80. 세스티나

누가 요지부동으로 자신의 삶을 이끌었는가
저 허위의 파도를 넘고 암초들을 지나,
보잘것없는 조각배로 죽음에서 벗어나고도,
그 끝[1]에서 그리 멀리 떨어져 있을 수 없게.
항구로 무사히 되돌아올 수도 있으련만
아직도 돛을 믿고 항해를 하는구나.

온화한 기운에 항해와 늦은 순풍을
달았고, 사랑으로 넘치는 삶으로 진입하며
더 멋진 항구에 다다르기를 희망하고 있었건만,
결국엔 수많은 암초 사이로 나를 이끌고 말았네.
비단에 찬 내 종말의 이유는
주변에 있지 않고, 오히려 조각배 안에 있었네.

---

1) 방황의 끝.

80.

Chi è fermato di menar sua vita
su per l'onde fallaci et per li scogli,
scevro da morte con un picciol legno,
non po molto lontan esser dal fine:
però sarebbe da ritrarsi in porto
mentre al governo ancor crede la vela.

L'aura soave a cui governo et vela
commisi, entrando a l'amorosa vita
et sperando venire a miglior porto,
poi mi condusse in più di mille scogli;
et le cagion del mio doglioso fine
non pur dintorno avea, ma dentro al legno.

이 눈먼 조각배 속에 오랜 세월

갇혀, 눈을 들어 돛을 보려고도 하지 않았네

운명의 날에 나를 종말로 이끌 그 돛을.

이윽고 내게 생명을 준 창조주[1]가 나를 미뻐했기에

암초를 멀리하고 수 없이 내게 일깨우니[2]

멀리서라도 그 항구를 보는 것으로 족하노라.

밤중 어느 항구의 한 줄기 빛

조각배 가까이 높은 물결 너머 보이듯

폭풍우나 바위로 가려지지 않았다면,

부푼 돛 위 즐거움으로

나 다른 삶[3]의 깃발을 보았으리니,

이 삶의 끝을 갈망하리라.[4]

---

1) 창조주 하느님을 가리킴.
2) 영감을 불어 넣어주었다는 의미.
3) 라우라를 사랑하려는 삶.
4) 죽음을 갈망하며 하늘나라로 가고자 하는 시인의 마음.

Chiuso gran tempo in questo cieco legno
errai senza levar occhio a la vela
ch'anzi al mio dì mi trasportava al fine;
poi piacque a lui che mi produsse in vita
chiamarme tanto indietro da li scogli
ch'almen da lunge m'apparisse il porto.

Come lume di notte in alcun porto
vide mai d'alto mar nave né legno,
se non gliel tolse o tempestate o scogli,
così di su la gonfiata vela
vid' io le 'nsegne di quell'altra vita,
et allor sospirai verso 'l mio fine.

내 아직 그 끝을 확신하기 때문은 아니라오
온종일 항구에 도달하기 바라는
그 여정이 내 짧은 삶에서 너무 길기에.
나는 두려워하네, 조각배가 부서질까,
나의 소망에 아랑곳없이
암초로 내모는 바람 가득한 돛을 보네.

내가 이 위험한 암초로부터 살아난다면,
나의 유랑이 좋은 결말에 이른다면,
그때 항해를 접고 항구 어딘가에 닻을 내려도
나 얼마나 행복하겠는가!
나 이제 불 밝힌 선박[1]처럼 타올라,
내 삶의 방식을 바꾸기는 어렵다네.

나의 종말과 나의 삶의 주인이여,
나의 배가 암초 위에 난파하기 전에
나의 고단한 항해를 평온한 항구로 인도하소서.

---

1) 이미 출발한 여정이라 닻을 내려 여행을 되돌릴 수 없음을 의미.

Non perch'io sia securo ancor del fine,
ché volendo col giorno esser a porto
è gran viaggio in così poca vita;
poi temo, che mi veggio in fraile legno
et più non vorrei piena la vela
del vento che mi pinse in questi scogli.

S'io esca vivo de' dubbiosi scogli
et arrive il mio esilio ad un bel fine,
ch'i' sarei vago di voltar la vela
et l'àncore gittar in qualche porto!
Se non ch' i' ardo come acceso legno,
sì m' è duro a lassar l'usata vita.

Signor de la mia fine et de la vita,
prima ch'i' fiacchi il legno tra li scogli
drizza a buon porto l'affannata vela.

81. 소네트

내 모든 죄[1]와 악습[2]의 무거운 짐으로
몹시도 지쳐 있어
제 길을 놓칠까 적敵[3]의 손아귀에 놓일까,
심히 두렵기만 하네.

한때 나를 자유롭게 했던 위대한 벗[4]
그[5]의 사랑과 자비는 더할 수 없다네.
이내 그는 내 시야에서 벗어나 날아가 버렸나니,
애타게 그를 찾아보아도 허사가 되고 마네.

하지만 그의 음성은 여전히 이곳[6]에서 다시 울려 퍼지네.
오, 괴로워하는 자들이여, 보라, 여기 길이 있나니.
내게로 오라, 아무도 그 길을 막지 못하리니.

---

1) 나태, 분노, 폭음, 시기, 자만 등.
2) 라우라에 대한 집착.
3) 사탄(악마).
4) 구세주 예수 그리스도.
5) 구세주.
6) 지상, 현세.

168

81.

Io son si stanco sotto 'l fascio antico
de le mie colpe et de l'usanza ria,
ch'i' temo forte di mancar tra via
et di cader in man del mio nemico.

Ben venne a dilivrarmi un grande amico
per somma et ineffabil cortesia;
poi volò fuor de la veduta mia
sì ch'a mirarlo indarno m'affatico.

Ma la sua voce ancor qua giù rimbomba:
O voi che travagliate, ecco 'l camino;
venite a me, se 'l passo altri non serra.

어떤 자비, 어떤 사랑, 그리고 어떤 운명이

비둘기의 날개[1]와도 같은 깃털을 달아

나를 온전히 쉬게 하며, 지상에서 들어 올려줄까?

---

1) 성령의 날개.

Qual grazia, qual amore, o qual destino

mi darà penne in guisa di colomba,

ch'i' mi riposi et levimi da terra?

82. 소네트

당신에 대한 사랑으로 나는 결단코 지치지 않으리,
마돈나[1]여, 내가 살아있는 한 말이오.
하지만 그런 나 자신을 극도로 혐오하며
끝없는 비탄에 젖어 있을 거요.

나는 차라리 멋진 하얀 무덤을 원하오,
당신의 이름이 어느 대리석 위엔가 나의 죽음과 함께
새겨지기보다는,[2] 아직은 이 세상에 머물 수 있는
나의 육신으로부터 영혼이 벗어날 때.

그래서 만약 충실한 사랑으로 가득 찬 마음이
당신에게 상처를 주지 않고 기쁘게만 할 수 있다면,
바라건대 그대여 자비를 베푸소서.

---

1) 나의 숙녀인 라우라를 가리킴.
2) "여기에 라우라에게 사랑받지 못해 죽은 페트라르카가 잠들어 있다."고 자신의
   묘비에 새겨지기보다 아무것도 쓰지 않은 상태로 비워두고 싶다는 심정을 드러냄.

82.

Io non fu' d'amar voi lassato unquanco,

Madonna, né sarò mentre ch' io viva;

ma d'odiar me medesmo giunto a riva

et del continuo lagrimar so' stancho:

et voglio anzi un sepolcro bello et biancho,

che 'l vostro nome a mio danno si scriva

in alcun marmo ove di spirto priva

sia la mia carne, che po star seco ancho.

Però s'un cor pien d'amorosa fede

può contentarve senza farne strazio,

piacciavi omai di questo aver mercede.

그렇지 않고 당신의 경멸이 스스로 채우려 한다면,

그것은 실수요, 제 마음대로 되지도 않으리.

사랑과 나 자신에게 감사할 뿐이라오.

se 'n altro modo cerca d'esser sazio

vostro sdegno, erra, et non fia quel che crede:

di che Amor et me stesso assai ringrazio.

83. 소네트

시간에 따라 조금씩 물들어 가듯
내 머리¹⁾가 백발이 되지 않는 한,
나는 편히 쉬지 못하리, 때로 위험을 감수하면서
사랑이 시위를 당겨 활을 날릴 수 있다 하더라도.²⁾

사랑이 나를 불구로 만들거나 해칠 수 있음이 더 이상
두렵지 않아,
함정에 빠진다 해도 나를 붙잡지 못하고,
잔혹한 독화살로 살은 꿰뚫더라도
내 심장을 부수지 못하리라.³⁾

더 이상 내 눈에서 눈물 흘리도록 하지 않으리,
비록 눈에 이르는 눈물길을 알지라도,
그 길 막을 수 없을지라도.

---

1) 원문에서는 "양 관자놀이(le tempie)"로 표현됨.
2) 사랑의 기회를 얻을지라도 사랑의 고통에서 벗어날 수 없음을 의미.
3) 장기인 심장은 꿰뚫더라도 라우라를 사랑하는 영혼과 마음은 부술 수 없다.

83.

Se bianche non son prima ambe le tempie

ch'a poco a poco par che 'l tempo mischi,

securo non sarò ben ch' io m'arrischi

talor ov' Amor l'arco tira et empie.

Non temo già che più mi strazi o scempie,

né mi ritenga perch' ancor m'invischi,

né m'apra il cor perché di fuor l'incischi

con sue saette velenose et empie.

Lagrime omai dagli occhi uscir non ponno,

ma di gire infin là sanno il viaggio

sì ch' a pena fia mai chi 'l passo chiuda;

정녕 잔인한 빛1)이 나를 데울 수는 있어도
태울 정도는 아니라오. 냉정하고 가혹한 형상2)이
내 잠을 어지럽혀도, 결코 잠에서 깨우지는 못하리라.

---

1) 라우라의 눈의 광채.
2) 라우라를 처음 본 인상.

ben mi pò riscaldare il fiero raggio,

non sì ch'i' arda, et può turbarmi il sonno,

ma romper no, l'imagine aspra et cruda.

84.¹⁾ 소네트

— 눈이여, 울어라, 너희들²⁾의 과오³⁾로 인해
　죽음을 겪어야만 하는 마음과 함께 하라.
— 그래서 언제나 그렇게 하지요. 우리의 잘못보다는
　다른 이의 잘못 때문에 더 많이 눈물을 흘려야지요.

— 이미 처음에 **사랑**이 너희들을 통해 들어왔지만
　자신의 집인 양 아직도 들어오곤 하지.
— 우리는 완전히 죽어가는 이로부터 온
　희망을 위해 사랑에게 길을 열었지요.

— 너희들이 생각한 대로 사정은 그렇지 않다.
　왜냐하면 그녀를 처음 본 것이 너희들이었기에
　너희들에게나 사랑에게나 똑같이 해가 된 것이 아닌
가.

---

1) 이 시는 시인과 시인의 눈과의 대화로 설명하거나, 장기(심장)와 눈의 대화로 설명
　하기도 함.
2) 눈을 지칭함.
3) 라우라를 본 너희들(눈)의 잘못.

84.

— Occhi, piangete, accompagnate il core
　　che di vostro fallir morte sostene.
— Così sempre facciamo, et ne convene
　　lamentar più l'altrui che 'l nostro errore.

— Già prima ebbe per voi l'entrata Amore
　　là onde ancor come in suo albergo vene.
— Noi gli aprimmo la via per quella spene
　　che mosse dentro da colui che more.

— Non son, come a voi par, le ragion pari:
　　ché pur voi foste ne la prima vista
　　del vostro et del suo mal cotanto avari.

— 무엇보다 지금 우리를 슬프게 하는 것은

완벽한 판단은 거의 없고,

누군가의 잘못으로 다른 이가 비난받는다는 사실이

라네.

— Or questo è quel che più ch'altro n'atrista,

che' perfetti giudicii son sì rari,

et d'altrui colpa altrui biasmo s'acquista.

85.¹⁾ 소네트

나는 늘 사랑했네, 그리고 아직도 지독히 사랑한다네,
날이 가면 갈수록 더욱더 사랑한다네
사랑이 내 마음을 아프게 할 때마다 수없이
울면서 찾아가곤 했던 그 달콤한 장소를.

내게서 온갖 하찮은 관심마저 앗아가 버리는
그날들과 시간을 나는 변함없이 사랑한다네.
귀감으로 삼아 나를 선한 일 하도록 이끄는
그녀의 그 아름다운 얼굴은 말할 것도 없이.

하지만 도대체 누가 상상이나 했을까,
내가 너무도 사랑하는 이 달콤한 적敵들이, 모두 다 함께,
내 마음 여기저기를 사정없이 공격하리라고?

---

1) 소네트는 페트라르카가 라우라를 처음 보았던 같은 장소, 같은 계절과 같은 시간대에 라우라를 만나러 갈 일이 생겼을 때 창작된 작품이다. 페트라르카는 1327년 4월 6일 성금요일에 아비뇽의 생클레르 성당에서, 라우라를 처음으로 보았다.

85.

Io amai sempre, et amo forte ancora,
et son per amar più di giorno in giorno
quel dolce loco ove piangendo torno
spesse fiate quando Amor m'accora;

Et son fermo d'amare il tempo et l'ora
ch'ogni vil cura mi levar dintorno,
et più colei lo cui bel viso adorno
di ben far co'suoi esempli m'innamora.

Ma chi pensò veder mai tutti insieme
per assalirmi il core, or quindi or quinci,
questi dolci nemici ch'i' tant'amo?

사랑이여, 얼마나 공들여 오늘 나를 굴복시키는가!

희망이 열망에서 자라는 것이 아니라면,

내 너무도 살고자 갈망하는 지금 이곳에서 쓰러져 죽으리라.

Amor, con quanto sforzo oggi mi vinci!

Et se non ch'al desio cresce la speme,

i cadrei morto ove piú viver bramo.

86. 소네트

사랑이 수천의 화살을 쏘아대는 그 창窓[1]을
나는 영원토록 증오하리라,
어떤 화살도 죽음의 타격을 가하지 않기에.
삶이 즐거운 동안은 죽음 또한 기꺼우리라.

하지만 지상의 감옥에 오래 머무르는 것은
아, 내 모든 끝없는 고뇌의 원천이라네.
사라지지 않는 번민으로 고통만 더하나니,
영혼이 마음에서 해방될 수 없기에.

가련한 영혼, 지금껏 오랜 경험을 통해
인식했어야만 했다네, 어느 누구도
시간을 되돌릴 수 없고 달리는 속도를 늦출 수 없음을.

---

1) 라우라의 눈.

86.

Io avrò sempre in odio la fenestra
onde Amor m'aventò già mille strali
perch' alquanti di lor non fur mortali:
ch'è bel morir mentre la vita è destra,

ma 'l sovrastar ne la pregion terrestra
cagion m'è, lasso, d'infiniti mali,
et piú mi duol che fien meco immortali
poi che l'alma dal cor non si scapestra.

Misera, che devrebbe esser accorta
per lunga esperienza omai che 'l tempo
non è chi 'ndietro volga o chi l'affreni!

수없이 나는 그녀에게 이렇게 일깨웠다네.

지금 떠나시오, 슬픈 영혼이여, 제때 떠나지 않아

아름다운 나날을 뒤에 남겨놓으리.

Piú volte l'ò con ta' parole scorta:

Vattene, trista, ché non va per tempo

chi dopo lassa i suoi dí piú sereni.

87. 소네트

활시위를 놓자마자 노련한 궁수弓手는
멀리서도 알 수 있다네.
어떤 화살이 빗나가고, 어떤 화살이
예정된 과녁을 맞출 수 있는지를.

바로 그렇게 그대 두 눈을 떠난 화살이,
여인이여, 내게 곧장 날아감을
느꼈으리니, 그 상처에서 끊임없는 눈물이
내 가슴을 향해 흘러넘치네.

그때, 그대가 한 말을 나는 확실히 알고 있다네.
가엾은 연인이여, 그대의 열망은 어디로 향하나요?
사랑이 그의 죽음을 원하는 바로 그 화살이랍니다.

87.

Si tosto come aven che l'arco scocchi,

buon sagittario di lontan discerne

qual colpo è da sprezzare et qual d'averne

fede ch' al destinato segno tocchi;

similemente il colpo de' vostr'occhi,

Donna, sentiste a le mie parti interne

dritto passare, onde conven ch' eterne

lagrime per la piaga il cor trabocchi;

et certo son che voi diceste allora:

Misero amante! a che vaghezza il mena?

Ecco lo strale onde Amor vol ch'e' mora.

지금 생각건대, 얼마나 커다란 고통이 나를 사로잡았는가를,

　　그 적敵들[1]이 여전히 내게 가하는

　　죽음보다 더한 그 형벌을.

---

[1] 라우라와 라우라에 대한 사랑.

Ora, veggendo come 'l duol m'affrena,

quel che mi fanno i miei nemici ancora

non è per morte ma per più mia pena.

88. 소네트

오랫동안 오지 않던 내 갈망이
이토록 짧은 시간에 나를 떠나고 나니,
내 좀 더 일찍 깨달아
천리마보다 더 빨리 돌아섰더라면 좋았을 것을.

지금 나는 비록 약하고 불구이지만
욕망이 나를 뒤틀리게 했던 곳에서 벗어나 있네.
이제는 안전하다오, 하지만 사랑싸움에서 받은
상처는 여전히 내 얼굴에 남아있다네.

그래 내 충고하노니, 사랑의 길 위에 헤매는 사람들아,
그대들의 발길을 돌리라, **사랑**에 불타는 사람들아,
정념情炎의 절정에서 조금도 머뭇거리지 마라.

88.

Poi che mia spene è lunga a venir troppo
et de la vita il trapassar sì corto,
vorreimi a miglior tempo esser accorto
per fuggir dietro più che di galoppo;

et fuggo ancor così debile et zoppo
da l'un de' lati ove 'l desio mi à storto:
securo omai; ma pur nel viso porto
segni ch' io presi a l'amoroso intoppo.

Ond' io consiglio: Voi che siete in via,
volgete i passi; et voi ch'Amore avampa,
non v'indugiate su l'estremo ardore;

사실인즉 만에 하나로 사랑을 이룬 나라오.

나의 적[1]은 정말 강했지만,

나는 그녀의 가슴을 관통하는 슬픔을 보았다네.

---

1) 라우라.

ché perch' io viva, de mille un no scampa:

Era ben forte la nemica mia,

et lei vid' io ferita in mezzo 'l core.

89. 소네트

수년 동안 **사랑**의 뜻에 맡겨져 갇혀 있던
감옥에서 도망치기까지 너무도 오래 걸렸기에,
여인들이여, 새로 찾은 자유가 얼마나 성가셨는지[1]
말할 수조차 없었다네.

혼자서는 단 하루도 살 수 없노라고
내 심장은 말했다네. 그때 그 길[2]에
나보다 더 교묘히 남을 속일 수 있을
그럴듯하게 위장한 배신자[3]가 내 앞에 나타났다네.

그토록 자주 뒤를 돌아보며 탄식 속에
말하였네, 슬프도다, 내 멍에며 족쇄며 쇠사슬마저도
이 자유로움보다는 더 달콤했다고.

---

1) 라우라로부터 벗어나는 자유는 그의 목적을 상실케 함.
2) 사랑의 길.
3) 사랑을 일컬음.

89.

Fuggendo la pregione ove Amor m'ebbe
molt'anni a far di me quel ch'a lui parve,
Donne mie, lungo fora ricontarve
quanto la nova libertà m'increbbe.

Diceami il cor che per sé non saprebbe
viver un giorno, et poi tra via m'apparve
quel traditore in sì mentite larve
che più saggio di me ingannato avrebbe.

Onde più volte sospirando indietro
dissi: Oimè, il giogo et le catene e i ceppi
eran più dolci che l'andare sciolto.

불쌍하다 이내 몸, 불행을 이제야 깨달았으니.

나 스스로 함정에 빠져들었던 잘못에서,

오늘, 벗어나기가 얼마나 힘든가!

Misero me, che tardo il mio mal seppi:

et con quanta fatica oggi mi spetro

de l'errore ov'io stesso m'era involto!

90. 소네트

그녀의 금발, 미풍에 흩날려
수천으로 부드러이 나부끼고,
매혹적인 눈빛 한없이 타올랐건만
지금 그 두 눈의 아름다움 희미할 뿐이네.

내게 보이는 그녀의 얼굴이,
정말인지 아닌지 몰라도 측은히 여기는 빛으로 가득하네.
내 가슴 속에 지핀 사랑의 불씨
홀연 불길로 타오른다 한들 놀랄 일 없네.

그녀가 걸었던 길은 죽음의 길이 아닌
천사의 길이었다네. 그녀의 말 역시 매한가지라
사람의 목소리로 들리지 않았다네.

90.

Erano i capei d'oro a l'aura sparsi

che 'n mille dolci nodi gli avolgea,

e 'l vago lume oltra misura ardea

di quei begli occhi, ch' or ne son sì scarsi;

e 'l viso di pietosi color farsi

non so se vero o falso mi parea:

i che l'esca amorosa al petto avea,

qual meraviglia se di subito arsi?

Non era l'andar suo cosa mortale

ma d'angelica forma: et le parole

sonavan altro che pur voce umana.

천상의 영혼, 살아있는 태양

그것이 내가 보았던 것. 그런데 지금 그렇지 않다면,

상처는 활시위가 느슨해진들 아물지 않으리라.[1]

---

1) 이미 큐피드의 화살을 맞아 상처가 생긴 후이기에 활시위가 느슨해진들 이미 난
   상처는 아물 수 없다.

uno spirto celeste, un vivo sole

fu quel ch'i' vidi: et se non fosse or tale,

piaga per allentar d'arco non sana.

91.[1] 소네트

그대 그토록 사랑했던 아름다운 여인이
서둘러 우리에게서 떠나가 버렸구나,
내 희망한 바 그대로 하늘로 올라간 것이니,
그녀 행한 바 그저 아름답고 우아할 뿐이었네.

그녀가 살아생전 차지했던, 그대 마음의
두 열쇠[2]를 돌려받을 시간이네,
곧은길로 그녀를 따라가야 할 시간이네.
세속의 무게가 더 이상 그대를 사로잡지 않으리니.

그대 가장 고통스러운 짐에서 벗어나,
다른 모든 것은 쉽게 내려놓을 수 있으니,
마치 홀가분한 순례자인 양 오르리라.

---

1) 사랑하는 여인의 임종을 맞은 친구(아마도 여기서는 남동생 게라르도(Gherardo))
   에게 바치는 소네트.
2) 의지의 열쇠와 반(反)의지의 열쇠, 혹은 기쁨의 열쇠와 고통의 열쇠.

91.

La bella donna che cotanto amavi
subitamente s'è da noi partita
et, per quel ch'io ne speri, al ciel salita,
sì furon gli atti suoi dolci soavi.

Tempo è da ricovrare ambe la chiavi
del tuo cor ch'ella possedeva in vita
et seguir lei per via dritta espedita:
peso terren non sia più che t'aggravi.

Poi che se' sgombro de la maggior salma,
l'altre puoi giuso agevolmente porre,
sallendo quasi un pellegrino scarco.

어떻게 모든 피조물이 죽음으로 달려가는지를
그대 이제야 알게 되리, 위험한 길 통과하려면
얼마나 영혼이 가벼워야 하는지를.

ben vedi omai sì come a morte corre
ogni cosa creata, et quanto a l'alma
bisogna ir lieve al periglioso varco.

92. 소네트

슬퍼하라, **여인들**이여, 더불어 **사랑**도 슬퍼하게 하라,
슬퍼하라, 온 세상의 모든 연인도,
지상에 살아있는 동안 마음을 다해,
그대들을 경배하였던 그가 죽었나니.

나는 기원한다네 잔인한 슬픔이,
내 눈물을 무작정 긋게 하기보다는,
다정스레 나를 이끌어 한숨 쉬며
내 마음을 털어놓을 수 있기를.

운율도 울게 하라, 시행도 울게 하라,
우리가 사랑하는 위대한 시인 치노[1]가 유명을 달리해
방금 우리에게서 떠나갔으니.

---

1) 치노 다 피스토이아(Cino da Pistoia: 1270~1336?). 이탈리아의 시인. 페트라르
   카는 옛 시인 치노에게 강한 친근감을 가지고, 그에 대한 애도를 표하고 있다.

92.

Piangete, Donne, et con voi pianga Amore,
piangete, amanti, per ciascun paese
poi ch' è morto colui che tutto intese
in farvi, mentre visse al mondo, onore.

Io per me prego il mio acerbo dolore
non sian da lui le lagrime contese
et mi sia di sospir tanto cortese
quanto bisogna a disfogare il core.

Piangan le rime ancor, piangano i versi,
perché 'l nostro amoroso messer Cino
novellamente s'è da noi partito.

슬퍼하라 피스토이아여, 그리고 모든 사악한 시민1)들이여

너희 다정한 이웃을 잃었기에.

하늘이여 찬양하라 시인을 맞이하였으니.

---

1) 치노에게 비우호적이었으며 치노의 가족을 추방한 무리를 일컬음.

Pianga Pistoia e i cittadin perversi
che perduto ànno sì dolce vicino:
et rallegresi il cielo ov'ello è gito.

93. 소네트

몇 번이고 **사랑**1)은 내게 말하곤 했다네. 시를 쓰라고,
그대가 금빛 문자로 알아본 것을 쓰라고,
또한 그것이 나의 추종자들을 어떻게 창백하게 했는지를,
어떻게 한순간에 그들을 죽이기도, 살리기도 했는지를.

한때 그 시가 그대 자신이라고,
사랑하는 이들에게 하나의 본보기라고, 느꼈던 때가 있
었네,
그리고는 다른 일2)이 내 손에서 그대를 떼어내었지,
하지만 그대가 달아나는데도 나는 언제나 그대 손을 놓
지 않았다네.

그대 굳은 마음 풀어졌을 때,
나의 온유한 거처, 내게 드러낸
그대의 아름다운 두 눈3)이 만약,

---

1) 라우라.
2) 시를 쓰는 것 이외의 모든 일들.
3) 라우라의 두 눈.

93.

Più volte Amor m'avea già detto: Scrivi,
scrivi quel che vedesti in lettere d'oro,
sì come i miei seguaci discoloro
e 'n un momento gli fo morti et vivi.

Un tempo fu che 'n te stesso 'l sentivi,
volgare esempio a l'amoroso coro;
poi di man mi ti tolse altro lavoro,
ma già ti raggiuns'io mentre fuggivi.

E se' begli occhi ond' io me ti mostrai,
et là dove era il mio dolce ridutto
quando ti ruppi al cor tanta durezza,

모든 것을 흩어 버릴 활을 내게 돌려준다면,
아마도 그대의 양 볼은 마를 날이 없으리니.
내가 눈물로 살 수 있음을, 그대 익히 알기에.

mi rendon l'arco ch' ogni cosa spezza,

forse non avrai sempre il viso asciutto:

ch'i' mi pasco di lagrime, et tu 'l sai.

94. 소네트

두 눈을 통해 내 마음 깊은 곳에 다다를 때
　여인의 모습은 남고, 다른 모든 것은 마음에서 떠나버리
는구나,
　영혼이 나누어주는 미덕들이
　사지四肢를 떠나, 거의 부동의 무게감만 남겨놓네.

　첫 기적에서 두 번째 기적이
　때때로 생겨나고, 소멸한 부분은
　제 자리에서 도망쳐 사랑하는 이의 부분을 이루니
　드디어 복수하고 유배를 즐긴다네.

　이리하여 두 얼굴엔 사색死色이 드리워지고,
　생기를 불어넣던 힘이 그 어느 쪽에도
　원래 있던 자리에 모습을 보이지 않기에.

　이것에 대해서 내가 기억하는 그 날에
　두 연인의 낯빛이 변하는 것을 보았고
　내가 습관적으로 하는 표정을 짓는 것을 보았네.

94.

Quando giugne per gli occhi al cor profondo
l'imagin donna, ogni altra indi si parte,
et le vertù che l'anima comparte
lascian le membra quasi immobil pondo.

Et del primo miracolo il secondo
nasce talor, che la scacciata parte
da se stessa fuggendo arriva in parte
che fa vendetta e 'l suo esilio giocondo.

Quinci in duo volti un color morto appare,
perché 'l vigor che vivi gli mostrava
da nessun lato è più là dove stava.

Et di questo in quel dì mi ricordava
ch'i' vidi duo amanti trasformare
et far qual io mi soglio in vista fare.

95. 소네트

아무쪼록 내 상념들을 시구 안에 잘 가둬놓을 수
있다면야, 마치 마음 안에 그 상념들을 가둬놓고 있듯,
세상의 어떤 영혼도 그처럼 잔인하지 않았다네
내가 그토록 자비를 청하며 고통을 받지 않게 해 달라
했건만.

그렇지만 그대들, 축복받은 눈들이여, 내 그대들 눈길에
맞기만 하면 괴로워하건만, 그곳엔 투구도 방패도 소용이
없었고,
안이고 밖이고 간에 알몸의 나를 보고 있겠지,
비록 비탄에 젖어 그 고통이 뒤집어지지는 않을지라도.

그대들이 바라보는 것은 내 안에서 다시금 빛난다네,
마치 태양광이 유리를 투과해가듯,
내가 아무 말 하지 않더라도 그것으로 열망은 족하리라.

95.

Così potess' io ben chiudere in versi
i miei pensier come nel cor gli chiudo,
ch' animo al mondo non fu mai sì crudo
ch'i' non facessi per pietà dolersi.

Ma voi, occhi beati, ond' io soffersi
quel colpo ove non valse elmo né scudo,
di for et dentro mi vedete ignudo
ben che 'n lamenti il duol non si riversi.

Poi che vostro veder in me risplende
come raggio di sol traluce in vetro,
basti dunque il desio senza ch' io dica.

슬프도다, 마리아[1]에게도, 베드로[2]에게도 전혀 해를 주지 않던

그 믿음은, 오로지 나에게만 적대적이구나.

어느 누구도 아닌 그대들[3]만이 나를 이해해준다는 것을 나는 안다네.

---

1) 예수 그리스도의 여제자이자 성녀로 막달라 마리아로 통칭. 마리아 막달레나.
2) 예수 그리스도의 12사도 중 한 사람으로, 초기 그리스도 교회의 중심적 지도자.
3) 이 소네트의 5행에 나오는 "그대들"과 같은 의미, 즉 "축복받은 눈들"을 가리킴.

Lasso, non a Maria, non nocque a Pietro
la fede ch'a me sol tanto è nemica:
et so ch'altri che voi, nessun m'intende.

96. 소네트

이제 기다림과 이 오랜 탄식의 전쟁에 지쳐서,
내 희망과 내 욕구 그리고,
내 마음을 그토록 결박했던 모든 올가미를,
나는 증오한다네.

그러나 자초해 내 마음에 그렸던, 눈길 머무는 곳
어디서나 보이는, 그 아름다운 우아한 얼굴이
나를 강요하네. 내 의지에 거슬러
온전한 첫 순교에 내몰리고 만다네.

그때 나는 방황했다네.
그 옛 자유의 길이 내게서 끊어져 나갔을 때,
눈의 기쁨을 따라간 것이 잘못이기에.

그때 자신의 해악을 향해 질주하고 자유로이 해방되었네.
이제 다른 이의 기쁨에 봉사해야 하리
단 한 번 죄를 저지른 그 영혼.

96.

Io son de l'aspettar omai sì vinto
et de la lunga guerra de' sospiri,
ch'i' aggio in odio la speme e i desiri
et ogni laccio onde 'l mio cor è avinto.

Ma 'l bel viso leggiadro che depinto
porto nel petto et veggio ove ch'io miri
mi sforza, onde ne' primi empi martiri
pur son contra mia voglia risospinto.

Allor errai quando l'antica strada
di libertà mi fu precisa et tolta,
ché mal si segue ciò ch' agli occhi agrada;

allor corse al suo mal libera et sciolta,
ora a posta d'altrui conven che vada
l'anima che peccò sol una volta.

97. 소네트

아 아름다운 자유여, 그대 내게서 떨어져,
아물지 않는, 첫 화살의
상처로 괴로웠을 때, 그대 얼마나
내 딱한 처지를 잘 보여주었던가!

그때 내 눈은 너무도 곤혹스러운 지경에 이르러,
이성의 자제도 아무 소용없었네,
온갖 필멸의 존재를 경멸하였기에.
슬프도다. 나 역시 처음부터 익숙해졌으니!

나의 죽음에 대해 말하지 않는 그 누구에게도
귀 기울일 수 없네. 오직 그녀의 이름만이
허공을 가득 채워, 아름답게 울려 퍼질 뿐.

그 **사랑**이 아니면 날 자극할 수 없기에,
발도 다른 길을 알지 못하고, 손도 모른다네
종이 위에 어떻게 다른 이를 예찬할 수 있는지.

97.

Ahi bella libertà, come tu m'ài,
partendoti da me, mostrato quale
era 'l mio stato quando il primo strale
fece la piaga ond' io non guerrò mai!

Gli occhi invaghiro allor sì de' lor guai
che 'l fren de la ragione ivi non vale,
perch'ànno a schifo ogni opera mortale:
lasso, così da prima gli avezzai!

Né mi lece ascoltar chi non ragiona
de la mia morte, et solo del suo nome
vo empiendo l'aere che sì dolce sona.

Amor in altra parte non mi sprona,
né i pie' sanno altra via, né le man come
lodar si possa in carte altra persona.

98. 소네트

오르소[1]여, 그대의 군마軍馬, 고삐에 묶여

제 갈 길로 되돌아갈 수 있건만.

그 마음이 명예를 갈구하고, 불명예는 꺼리는,

자유롭지 못한, 그대 마음은 누가 묶어 주겠는가?

탄식하지 마시오. 아무도 그 마음의 가치를 앗아갈 수 없으니,

그대 비록 시합에 출전하지 않았음에도.

그대 마음 이미 그곳에 있고 누구도 그대보다,

더 빠를 수 없음을 세상이 다 알기에.

그대 마음은 이미 그 시합장에 있으니

운명의 날에, 청춘과 사랑,

용기와 혈기로, 무장하고,

---

1) 안귈라라(Anguillara)의 오르소(Orso), 페트라르카의 친구. 페트라르카는 마상시합에 참여한 스스로를 위로하고 있다.

98.

Orso, al vostro destrier si po ben porre

un fren, che di suo corso indietro il volga;

ma 'l cor chi legherà, che non si sciolga,

se brama onore, e 'l suo contrario aborre?

Non sospirate: a lui non si po torre

suo pregio, perch'a voi l'andar si tolga;

ché, come fama publica divolga,

egli è già là, che null'altro il precorre.

Basti che si ritrove in mezzo 'l campo

al destinato dì, sotto quell'arme

che gli dà il tempo, amor, vertute e 'l sangue,

소리쳐본다네. 나는 고귀한 열망에 사로잡히고
나 스스로 따를 수도, 여기에 있을 수도 없음에,
고통 속에 야위어가는 나의 친구와 함께하네.

gridando: D'un gentil desire avampo

col signor mio, che non po seguitarme,

et del non esser qui si strugge et langue.

99. 소네트

우리의 기대가 어긋나게 됨을
그대와 나 수없이 겪었다네,
서로의 기대에 어긋나지 않게 지고至高의 선善을 좇아
그대의 마음을 보다 행복하게 고양하려 했건만.

꽃과 풀 사이로 뱀이 기어 다니는,[1]
초지草地는 이 세속의 삶과 같거늘.
눈을 즐겁게 하면,
영혼은 더욱 혼란스러움에 빠지리니.

하여 그대, 생의 마지막 순간이 다하기 전
마음의 평정을 구한다면,
속인俗人이 아닌 소수자[2]들을 따르라.

---

1) 여기서 '꽃'과 '풀'은 '선(善)'을, '뱀'은 '악(惡)'을 상징.
2) 성직자로서의 '사제의 길'을 의미.

99.

Poi che voi et io più volte abbiam provato
come 'l nostro sperar torna fallace,
dietro a quel sommo ben che mai non spiace
levate il core a più felice stato.

Questa vita terrena è quasi un prato
che 'l serpente tra' fiori et l'erba giace;
et s'alcuna sua vista agli occhi piace
è per lassar più l'animo invescato.

Voi dunque, se cercate aver la mente
anzi l'estremo di queta giamai,
seguite i pochi et non la volgar gente.

혹자는 이렇게 말하겠지, 형제[1]여,

더러 길을 잃고, 여전히 방황하는 모습을

다른 이에게 보여주라고.

---

1) 이 경우 일반인이 아니라 '사제(司祭)' 안에서의 형제를 말함.

Ben si può dire a me: Frate, tu vai

mostrando altrui la via dove sovente

fosti smarrito et or se' più che mai.

100.[1]) 소네트

저 창,[2]) 저 좋을 때 한 태양
제 모습 드러내고, 다른 태양 한낮에 드러나네.[3])
다른 창,[4]) 찬바람이 매섭게 소리친다네
북풍이 몰아치던 그 짧은 날들.

그 돌, 오랜 세월 나의 여인이 앉아
상념에 잠겨 독백하곤 했지,
예의 모든 곳, 그녀의 고운 몸매
그림자 드리우고 발자취 남긴 곳.

---

1) 이 소네트와 다음 소네트는 다른 시기에 쓰였지만, 동일한 운문 형식을 취하고 있으며, 계관 시인으로서의 대관식과 사랑의 14주기 기념일을 나타내고 있다. 여기서 페트라르카의 마음에서 지는 태양은 그리스도 사제에게 주어지는 계관 시인으로서의 영광이고, 높이 솟은 태양은 사랑의 14주기 기념일을 대비한 것으로 보인다.

2) 라우라 집에 있는 정남향 쪽 창문 중의 하나를 가리키는 것으로 시인이 지닌 마음의 눈을 의미함.

3) 단테의 『Monarchia(제정론)』에서 한 태양은 세속(世俗)에서 가장 높은 자인 황제를 나타내고 다른 태양은 비속(非俗)에서 가장 높은 자인 교황을 나타낸다. 페트라르카는 여기서 황제를 한낮의 태양으로 높게 보며, 교황은 지는 해로 낮게 보고 있다.

4) 라우라 집에 있는 정남향 쪽 창문 중의 다른 하나를 가리키는 것으로 시인이 지닌 마음의 귀를 의미함.

100.

Quella fenestra ove l'un sol si vede
quando a lui piace et l'altro in su la nona;
et quella dove l'aere freddo suona
ne' brevi giorni quando Borrea 'l fiede;

e 'l sasso ove a' gran dì pensosa siede
Madonna et sola seco si ragiona,
con quanti luoghi sua bella persona
coprì mai d'ombra o disegnò col piede;

잔혹한 길, 불현듯 **사랑**에 사로잡혔네.

매년 같은 계절이 돌아와[1]

나의 해묵은 상처를 새롭게 하는구나.

또 그녀의 모든 모습과 사연들

내 가슴 한가운데 깊이 새겨져

이 모든 것이 아름다운 눈물 빛에 젖게 하네.

---

1) 라우라를 사랑한 날이 계속 돌아온다는 것으로 이 시를 쓸 때가 14년째이다.

e 'l fiero passo ove m'agiunse Amore;

et la nova stagion che d'anno in anno

mi rinfresca in quel dì l'antiche piaghe;

e 'l volto et le parole che mi stanno

altamente confitte in mezzo 'l core,

fanno le luci mie di pianger vaghe.

칸초니에레

1.

중세와 근대를 연결하는 과도기적 인물이자 "최초의 르네상스인"이라는 평가를 받는 프란체스코 페트라르카 Francesco Petrarca (1304~1374)는 이탈리아 인문주의를 대표하는 시인이자 라틴어 학자다. 그는 1304년 7월 20일 이탈리아 아레초에서 태어나 1374년 7월 19일 아르콰에서 생을 마칠 때까지 약 70년간의 삶을 통해 문학에 대한 사랑을 철저하게 실천한 계관 시인이다.

피렌체의 공증인이었던 페트라르카의 아버지 페트라코는 『신곡』의 저자 단테 알리기에리 Dante Alighieri와도 친교를 맺었던 인물로 1302년 피렌체를 휩쓴 정치 싸움에 휘말려 고향 피렌체를 떠나 망명길에 오르게 된다. 그 첫 피신

처가 바로 피렌체 근처의 아레초였고, 이곳에 머무르던 동안에 페트라르카가 태어난 것이다.

페트라르카는 공증인으로서 가업을 잇게 하려 한 부친의 뜻에 따라 1316년 몽펠리에 대학에 입학하여 동생 게라르도와 함께 법학을 공부했고, 4년 뒤에는 볼로냐 대학으로 옮겨서 법학 공부를 6년간 계속했지만, 그는 법학보다는 라틴어로 써진 고전문학에 더 관심이 있었다. 그 가운데서도 특히 키케로, 리비우스, 베르길리우스와 같은 고전 작가들의 작품에 심취해 있었다.

페트라르카는 1318년 모친의 사망에 이어 그의 일생에 전환점을 안겨다 준 부친의 사망(1326년) 이후 볼로냐에서 하던 법학 공부를 중단하고 아비뇽으로 돌아가 고전문학에 대한 열정을 키우며 지내던 중, 1327년 4월 6일 성금요일에 생클레르 성당에서 라우라를 처음으로 만난다. 이 여인이 바로 시인 페트라르카의 영원한 사랑으로서 그에게 끊임없는 시적 영감을 불러일으킨 장본인이다.

부친이 남겨준 상당한 재산 덕에 아무런 걱정 없이 여유로운 삶을 영위하던 페트라르카는 1330년경 재정난에 봉착하여 새로운 일을 시작해야 하는 지경에 이른다. 자신이 십여 년간 공부해 왔던 법률 관련 분야에서 일을 찾을 생각은 없었기에 페트라르카는 당시 경제적인 보호도 받으면서 사회적 신분상으로도 대접을 받을 수 있는 성직자의 길을 택하게 된다.

성직자가 된 페트라르카는 당시 교황청이 있었던 아비뇽에서 수많은 고위 성직자들, 유명한 콜론나 가문의 자코모와 조반니, 유명 정치가들, 귀족들과 친분을 쌓고 좋은 관계를 유지하며 그들과 동행하여 프랑스 여러 지방, 플랑드르, 독일 등지를 여행한다. 그 당시 인습에 의하면 여행이란 주로 종교 혹은 사업과 관련된 것이었는데 페트라르카의 여행은 새로운 것을 보겠다는 목적이 있었다는 점이 남다르다.

1335년에서 1353년까지 여행을 즐기다가 그는 마침내 프로방스 지방에 있는 보클뤼즈로 거처를 옮겨 은둔 생활을 하게 되는데, 이곳에서 「목가 시Bucolicum carmen」, 「고독한 삶De vita solitaria」, 「나의 비밀Secretum」, 「아프리카Africa」 등의 라틴어 작품들을 저술하는 왕성한 창작열을 보여주었다. 그리고 한니발을 격파한 스키피오 장군을 찬양하는 라틴어 장시 「아프리카」로 1341년 부활절 주일에 로마 계관 시인의 칭호를 수여 받는다.

한편 사제의 신분으로 세속적인 욕망을 드러낸 사건도

있었는데, 1337년과 1343년 아비뇽에서 한 여인과의 사이에 아들 조반니와 딸 프란체스카를 얻은 사건이 바로 그것이다. 『칸초니에레』의 서시 격인 아래 작품을 보면 이러한 젊은 날의 과오를 괴로워하는 시인의 심리 상태를 엿볼수 있다.

그대 들어보구려, 흩어진 시구로 이루어진 그 소리, 그 한탄
나 그 안에서 마음의 자양분을 취하고
내 젊은 날의 첫 실수 위에
지금의 나와는 사뭇 달랐던 그때,

내가 울며 생각에 잠겼던 다양한 시 속에서
헛된 희망과 고통 사이를 헤매며,
시련을 통해 사랑을 알게 되는 누군가 있다면,
바라건대 용서뿐 아니라 연민까지도 얻으리.

이제야 나는 알게 되었네
사람들에게 오래도록 조소거리였음을
가끔은 스스로 부끄러워진다네.

내 철부지 같은 사랑 행각은 수치심이요, 뉘우침이니,

분명코 깨달은 바는

세상 사람들이 그토록 좋다 하는 연애가 한낱 꿈에 불과
한 것을.

1348년 페트라르카는 이탈리아 파르마에 잠시 머무르는
동안 자신의 영원한 연인인 라우라가 페스트로 죽었다는
비보를 접한다. 이로부터 몇 년 후인 1353년 그는 프랑스를
떠나 이탈리아로 영구 귀국한다. 돌아오는 길에 프랑스와
이탈리아의 국경 근처에 있는 몽주네브르 언덕에 올라 조
국에 대한 감동을 노래한 라틴어 시가 바로 「이탈리아에게
Ad Italiam」이다.

그는 밀라노에 있는 비스콘티 가문에서 8년 동안 머물렀
고, 그 후에는 베네치아와 파도바에서 살았다. 말년에는
파도바에서 조금 떨어진 아르콰의 에우가네이 언덕에서
포도밭과 올리브밭에 둘러싸여 살다가 1374년 7월 19일
70세를 일기로 생을 마쳤다. 현재 아르콰 성당의 공동묘지
에 시인의 유해가 안치되어 있다.

2.

페트라르카의 라틴어 산문 작품들 중 특별히 언급할 가치가 있는 명저로 『나의 비밀Secretum』을 들 수 있다. 이 작품은 페트라르카와 성 아우구스티누스 사이의 사흘간에 걸친 대화로 이루어져 있는데, 허영심으로 가득 차고 부와 명예를 사랑하는 불안정한 자신을 질책하는 내용을 담고 있다. 특히 이 작품은 페트라르카 자신 영혼의 고뇌에 대한 비밀과 내면적 삶을 냉철하게 분석하고 있다. 『나의 비밀』 뿐만 아니라 페트라르카가 라틴어로 쓴 대부분은 명상적, 종교적, 사상적인 특성을 띠며, 개인의 의미와 가치에 비중을 두고 있다. 『나의 비밀』에 이어 페트라르카는 인간 한계의 속성에서 비롯된 고통의 의미를 사랑을 통해 극복하고자 한 시집 『칸초니에레』를 탄생시킨다. 『칸초니에레』는 이탈리아 인문주의 시인 페트라르카의 불후의 명작으로, 이탈리아 서정시의 효시이다. 또한 서양 시문학사상 가장 절대적인 영향력을 보여준 시집이자, 서양 근대 서정시의 정전正典이라고도 할 수 있다.

페트라르카는 라틴어가 문화적 우위를 점하고 있던 당시에 라틴 속어 중 하나인 이탈리아 토스카나 지방의 방언으로 된 시집에 『Rerum vulgarium fragmenta속어 단편 시모음』라는 라틴어 제목을 붙였다. 『칸초니에레Canzoniere』라는 이탈리아어 제목은 16세기 초에 붙여진 것으로 추정된다. 보통 라틴어 제목은 학술적인 글에서 사용되고 일반적으로 시집을 소개하는 경우에는 모두 '칸초니에레'로 통용된다. 원래 '칸초니에레'란 이탈리아어로 '시집'이라는 뜻이다. 따라서 일반적인 시집을 가리키는 말로 사용될 수도 있지만, 보통 '칸초니에레'라고 하면 라틴어가 아닌 이탈리아어로 써진 페트라르카의 시집을 가리킨다. '열흘간의 이야기'라는 뜻을 가진 '데카메론'이 보카치오의 작품을 가리키는 고유명사처럼 사용되고 있는 것과 마찬가지다.

페트라르카의 시집 『칸초니에레』에 수록된 작품은 총 366편으로, 그중 317편은 소네트, 그리고 칸초네 29편, 세스티나 9편, 발라드 7편, 마드리갈 4편으로 구성되어 있다. 이 시집은 바티칸 도서관에 필사본으로 보존되어 있으며, 그중에는 페트라르카의 친필도 있다.

내용을 살펴보면 약 30편의 시를 제외하고는 모두 라우라에 대한 사랑을 읊은 시이다. 라우라라는 여인의 삶과 죽음은 페트라르카의 시에서 중요한 모티브로 작용하고 있다. 그래서 『칸초니에레』는 크게 라우라의 생전과 사후,

이렇게 두 부분으로 나뉜다. 첫 번째 서시에서 263번째 시까지는 라우라 생전의 시로, 264번째 시에서 마지막 366번째 시까지는 라우라 사후의 시로 보는 것이다. 라우라의 생전에 해당하는 부분에서 페트라르카의 사랑은 매우 인간적인 감정이며, 때로는 열정적인 충동마저도 불러일으킨다. 페트라르카의 작품 속에 나타나는 라우라는 현실적인 선과 색을 가지고 있다. 그래서 페트라르카는 그녀의 금발, 빛나는 눈, 검은 속눈썹, 가녀린 손을 노래한다. 라우라의 사후에 해당하는 부분에서 페트라르카는 라우라가 죽은 후까지도 계속되는 자신의 사랑을 천상의 것으로 승화시키고 있다. 환상 속의 그녀는 화려하고 아름답지만, 때로는 어머니와 같이 따스하고 온화한 존재로 표현되고 있기도 하다.

『칸초니에레』는 천상과 지상 사이, 육체와 정신 사이의 치유될 수 없는 갈등을 지배하는 사랑 이야기다. 인간적인 것, 특히 아름다움의 덧없음에 대한 묵상에서 갈등은 더욱 깊어진다. 그의 영혼 속의 이러한 대립 관계는 극적으로 발전되지는 않지만, 눈물과 탄식을 동반하는 우울한 것으로 나타난다. 이 시집은 첫 번째 소네트에서 마지막 칸초네에 이르기까지 일관성 있는 면모를 보여준다. 첫 번째 소네트에서 이미 페트라르카는 정열의 헛됨을 확신하고 있으며, 마지막 칸초네에서 그의 사상은 천상의 것들과 죽음 쪽으로 기울어져서 성모마리아에게 용서와 보호를 간청하고 있다. 산, 해변, 강, 숲 등으로 이루어진 자연은 페트라르카의 감정을 훌륭하게 반영하고 그의 즐거움과 고통을 함께하며 내면적인 교감을 통해 시인의 내부에 깊이 자리 잡고 있다.

소네트 형식은 1241년 이탈리아 시칠리아학파의 자코모 다 렌티니에 의해 만들어진 시 형식으로, 이탈리아에서 소네트를 완벽하게 아름다운 시로 완성하고 발전시킨 장본인이 바로 페트라르카다. 이 페트라르카의 소네트를 모방하여 시를 창작하고자 했던 아류들이 이후 서구 문학에서 400년 동안이나 이어진 것을 보면 그 영향력을 가히 짐작하고도 남을 것이다. 이를 일컬어 '페트라르키즘'이라 부르고 있으며, 얼마 전 타계한 이탈리아 최고의 서정시인이자 국민 시인인 마리오 루치(1914~2005)에게서도 그 영향력이 발견되고 있다.

이 번역본에 실린 50편의 시들은 『칸초니에레』의 51번째 소네트에서부터 100번째 소네트에 이르기까지 50편의 시작품들이다. 『칸초니에레』의 서시에서 50번째까지 시들이 민음사에서 페트라르카 탄생 700주년 기념 국내 최초 번역본으로 2004년에 출판된 바 있다. 그 이후 작업을 했던 이 50편의 작품들이 잠자고 있었는데, 여기에 수정 보완을 하여 작가와비평에서 출판을 하게 되었다. 이 50편의 작품들 역시 라우라 생전의 시들에 속한다. 나머지 시작품들도 계속해서 번역을 하여 366편의 작품을 완성하고픈 마음이다. 그동안 번역에서 다소 마음이 멀어져서 다른 학술연구에 몰두했다가, 2019년 연구재단의 명저번역에 페트라르카의 『나의 비밀』 등 3편의 작품번역이 선정되어 현재 『나의 비밀』 번역은 완성을 하였고, 다른 두 작품(『고독한 삶De vita solitaria』과 『종교적 평화로움De otio religioso』)은 번역 작업 중이다.

　　참고로 본 번역 작업에서는 이탈리아어판 Francesco Petrarca, Canzoniere(Milano: Fetrinelli, 1992), Francesco Petrarca, Canzoniere(Torino: Einaudi, 1992)와 영어판 Francesco Petrarca, Canzoniere, tr. by Mark Musa(Bloomington & Indianapolis: Indiana University Press, 1999), Francesco Petrarca, Canzoniere, tr. by James Wyatt Cook(Binghamton: Medieval & Reniassance Texts & Studies, 1996)을 주요 텍스트로 사용했다.

프란체스코 페트라르카

1304년	• 이탈리아 아레초에서 출생.
1311년	• 아버지 페트라코를 따라 가족 모두 이탈리아 피사로 이주.
1312년	• 프랑스 아비뇽으로 이주.
1316년	• 몽펠리에 대학에서 수학.
1318년	• 어머니 엘레타 사망.
1320년	• 동생 게라르도와 함께 볼로냐 대학으로 옮겨 수학.
1326년	• 아버지 페트라코 사망, 아비뇽으로 다시 돌아옴.
1327년	• 4월 6일, 아비뇽의 생클레르 성당에서 라우라와 첫 만남.
1330년	• 교구 사제의 길을 걷기 시작.
1337년	• 소르그 강가의 보클뤼즈로 거처를 옮김, 아들 조반니 출생.

1341~1342년	• 라틴어 시 「아프리카」 초고 완성.
1342~1343년	• 『칸초니에레』 초고, 라틴어 산문 『나의 비밀』 초고 완성. 딸 프란체스카 출생.
1348년	• 페스트가 창궐하여 라우라와 추기경 콜론나를 비롯한 수많은 지기들과 문예 후원자들이 사망.
1356년	• 『칸초니에레』 세 번째 원고 수정.
1359년	• 밀라노로 돌아옴. 조반니 보카치오가 집에 한 달 동안 체류.
1362년	• 『칸초니에레』 네 번째 원고 수정.
1368년	• 파비아를 떠나 파도바로 옮김. 보카치오가 재차 방문.
1369년	• 열병에 걸려 몸이 극도로 쇠약해짐.
1370년	• 아르콰로 이주.
1371년	• 교황 우르바노 5세 사망. 그레고리오 11세 교황 계승. 아비뇽으로 여행하려다 열병이 재발하여 포기.
1373년	• 『칸초니에레』 여덟 번째 원고 수정.
1374년	• 『칸초니에레』 아홉 번째 원고 수정, 최종 원고 마무리. 7월 18일 열병이 또다시 발병하여, 7월 19일 아르콰에서 사망.

옮긴이 **김효신**

서울 출생.

한국외국어대학교 이태리어과 및 동 대학원 졸업.

영남대학교 국문학 박사(비교문학전공).

현재 대구가톨릭대학교 한국어문학과 교수.

저서로 『한국문화 그리고 문화적 혼종성』, 『한국 근대문학과 파시즘』, 『시와 영화 그리고 정치』, 『이탈리아문학사』, 『세계30대시인선』, 『문학과 인간』 등 이 있으며, 역서로 『칸초니에레』, 『이탈리아 시선집』이 있다. 대표 논저로 는 「이상(李箱)의 시와 시대적 저항성」, 「르네상스 천재, 미켈란젤로의 서정시와 미적 갈등」, 「임화와 파솔리니의 시 비교연구」, 「1930년대 한 국 근대시에 나타난 파시즘 양상 연구」, 「미래주의 선언과 한국 문학」, 「한국 근대 문화와 이탈리아 파시즘 담론: 1930년대를 중심으로」, 「동성 애 코드, 파솔리니의 시와 정치 소고」, 「단눈치오와 무솔리니, 그리고 시적 영웅주의 연구」, 「한국 근·현대시에 나타나는 프로메테우스 수용양 상 소고」, 「페트라르키즘과 유럽 문화 연구」, 「〈피노키오〉 문화에 대한 소고」, 「단테의 시와 정치적 이상」, 「문화 간 의사소통 문제와 한국문화 교육」, 「A. Baricco의 『노베첸토: 모노로그』와 G. Tornatore의 영화 〈피아니스트의 전설〉 비교연구」, 「이탈리아를 노래한 한국 시에 대한 연 구」, 「프리모 레비의 시 연구」, 「캄파넬라(T. Campanella)의 이상향과 조선인의 이상향」, 「페트라르카의 서간집과 키케로」, 「이탈리아 한국학 의 현재와 미래」 외 다수가 있다.